FLORET
READING

小花阅读

我们只写有爱的故事

青春阅读 幸得相见

有爱的青春陪伴者

自热小火锅 VS 口服营养液

"你在吃什么？"

"自热小火锅。"
田思乐夹起一筷子粉丝，放在小碗里，"呼噜"一声就吸入。

"哈……不好意思，我太饿了。"
田思乐红着脸。

"看着你吃，就觉得很香。"
感觉手里的营养液都变得好喝了呢。

忍不住为你着迷

海汐 / 著

花山文艺出版社
河北出版传媒集团
河北·石家庄

你到底看我吃播多久了?

很久。

吃播都是我埋头吃的画面,也不是很好看。

不做作,很清新,很可爱。

- 第一章 · /001/
  美男捡到"内衣"

- 第二章 · /014/
  美食和电影院的眼泪

- 第三章 · /034/
  和你睡在帐篷里

- 第四章 · /049/
  童话里的小王子

- 第五章 · /064/
  暗藏的秘密疯狂的母亲

- 第六章 · /076/
  她的小美好

- 第七章 · /088/
  暖风,夕阳的光晕,和他在一起

- 第八章 · /104/
  邀请他成为第一个客人

- 第九章 · /120/
  爱慕他的古筝演奏家

目录

· 第十章 ·　　/136/
重逢，收看她的吃播

· 第十一章 ·　/151/
舞房，他的眼泪

· 第十二章 ·　/167/
心动与逃避

· 第十三章 ·　/183/
做什么都会想起他

· 第十四章 ·　/199/
他是鉴"茶"达人

· 第十五章 ·　/214/
她吃播里的"美子先生"

· 第十六章 ·　/231/
我为你而来

· 第十七章 ·　/250/
苗条的男朋友和宽度一点、五倍的女友

· 第十八章 ·　/267/
收藏你的舞鞋

· 番外 ·　　/278/
直播"事故"

♥ 第一章 ♥♥

美男捡到"内衣"

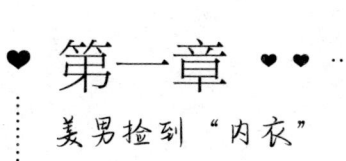

屏幕里一碗红彤彤冒着热气的麻辣烫，食材丰富，让人垂涎欲滴。

一个圆脸女孩笑笑地夹起一大筷子油条，"呼噜"一下往嘴里塞："不知道有没有人和我一样，我最喜欢吸满汤汁的油条了。"

清晰的收录话筒记录着她咀嚼的声音，她的唇色因火辣的汤汁而越发红彤彤。她不像其他一些女主播那样化着浓妆涂着鲜艳的口红录吃播，还会拿着一把大剪刀不时"咔嚓"剪掉咽不下去的食材，就为了不咬断。

圆脸女孩田思乐的吃播十分接地气，她没有鲜红的嘴唇，没有夺目的指甲油、美瞳眼影，她的妆容很淡，并且像平常人那样，该咬断的时候就咬断，不会为了所谓的"形象"问题而胡吃海喝地往嘴里塞，吃相痛苦。

屏幕上，田思乐露出了幸福的笑容。

出现了！

一水的弹幕"唰唰唰"地过去，网友们最爱看田思乐满足自然的笑容，她的笑容非常能感染人，让人看了觉得自己也像尝到了这个美食，由心散发的满足，令人开心。

"思乐真可爱！"

"嘤嘤嘤,我要抱抱思乐姐姐。"

"口水都要下来了!"

"正在煮泡面,打算一边吃面,一边看思乐。"

"思乐你那边热吗?重庆热透了。"

"思乐姐姐说过她最爱夏天了,又怎么会怕热?"

"每天一碗麻辣烫,红红火火看思乐。"

而在家中的田思乐,编辑完视频,开始整理行李。明天她要去参加一个活动,是她身为社工参与的一个心理互助活动,帮助一些厌食症患者重拾对食物的好感,两天一夜的短途旅行。

田思乐参与心理社工活动已经有三年了。三年里,她遇到过很多心理疾病患者,也多多少少帮助过不少人。她很喜欢做这份义工,也希望能帮到更多的人,即使一点微末都好。

手机响起来的时候,田思乐正在跟她的旅行箱盖子搏斗,可能她装的东西太多了,也可能这个小箱子已经不起更多摧残,总是盖上去是越来越费劲了。

田思乐一边努力地拉着拉链,一边把手机搁到耳边:"春霞,什么事呀?"

"田思乐,下星期三抽空去看铺面。今天房地产的人联系我了,给我们看好了三间不错的铺子,说是比较符合我们的需求。"

"那太好了。"田思乐的眼睛亮起来。春霞是她的好朋友,同样是个喜欢美食的姑娘,两个人正准备合作开一间小餐馆。

突然听到"噗"一声很大的噪音,手机那头的春霞疑惑地问:"什么声音?"

"呃……是我箱子的拉链,它彻底散开了。"田思乐觉得很窘。

"那箱子我跟你说过多少次可以扔了!"春霞只差揪着田思乐的耳朵大喊了。

"就'小红'还是可以用的嘛,能省则省。"

田思乐的话让季春霞在电话那边翻了个白眼:"你明天有社工活动对吧?"

"嗯嗯,有事你就给我打电话。"

"田思乐,身为好友最后再忠告一次,别带着你的'小红'出去丢脸了,它很可能会给你制造事故。"

田思乐都可以想象春霞抓狂的样子,憨笑地挂掉手机。

第二天一早,田思乐按时出门,乘坐地铁即将到站,出站之后她大约还要走上十来分钟的路才能到达集合地点。

她在思索等下活动不知会给她分配到哪个搭档。

这还是她第一次接触到厌食症的病人，虽然听活动中的医生们讲过，但对她来说还是个陌生的领域。想到有人会进食困难，因食物而反感呕吐，她心里有些难过，希望通过这次的活动可以帮到一些忙。

"播报下则新闻。著名青年舞蹈家景沐，将退出本次大型舞剧《朝辉》在摩纳哥的表演，今日已向江城歌舞团确认。优秀的古典舞剧《朝辉》，曾获莲花古典舞大赛金奖，多次为国出征巡回表演，得到国内外一致的好评。这是景沐第一次缺席首席领舞位置，而此次的退出，让他患有严重厌食症的传闻更是甚嚣尘上，也令粉丝们担忧纷纷……"

田思乐的心思在活动上，旁边外放的手机声，也像杂音一样掠过她脑海，什么都没有听进去。

地铁报站声响起，到站了。

田思乐拖着"小红"，跟随人流下车。

茉莉广场是江城市中心的繁华区域，出了站外面车水马龙，好不热闹。田思乐看着不远处的信号灯开始闪动，便拖着"小红"奋力往马路对面赶，小跑起来。

她知道这个红绿灯等待的时间有多长，希望可以赶在绿灯转换之前过马路。

还有二十秒的当口，"哐当"一声响，她的"小红"忽然在斑马线中央散架了！

行李箱里的东西，一下滚得到处都是，因周围都是急于穿马路的行人，一瞬间场面很混乱。

田思乐满脸通红，感觉被春霞一语成谶。问题是连她的内衣都散落出来了，她简直想找个地洞钻进去。

"干什么啊，别挡路，真是的！"

身后有不耐烦的声音传过来，而红绿灯转换，要过马路的汽车也按起刺耳的喇叭。

田思乐急得面红耳赤，慌忙蹲下身去收拾。

这时候，一双修长白皙的手伸过来，帮她一起去拾她散落的行李。

田思乐抬起头，看到一个黑衣服的男生蹲在她旁边，帮她收拾着。

"谢谢。"她轻轻咬住唇，面颊快烫熟了，因为那个男生拿起了她的内衣。

老天啊，她能不能隐身一下？

不过显然这个帮忙的男生比她镇定很多，也非常绅士。他什么都没说，只是很快帮她整理好，并拉着她靠到边上。

急躁的司机终于停止按喇叭，这一小块地方的交通也恢复了正常。

简直是救命恩人！

"谢谢。"田思乐红着脸低头再次道谢，不敢看男生的眼睛。

他客气地点了下头，转身要离开的样子。

田思乐忍不住仔细地瞥他一眼，毕竟是救命恩人，她想要看清他的模样。这一看才发现他异常俊美，很瘦也很高，雪白的皮肤在一身黑衣的映衬下，就像一个久不见阳光的精灵。

也许是他的气质实在太特别了，田思乐一时看呆了。

真是人美心善，她在心里感叹。

景沐坐上车，就听到傅乔如老爹一样叨叨着："就这一会儿工夫，你乖乖待车里不行吗？害得我以为你又失踪了，考虑一下我的心脏可以吗？"

景沐瞥了傅乔一眼，然后淡淡地移开视线。他知道哪怕自己不理会，傅乔也能自顾自念叨个不停。

果然，他又听到傅乔说："等下到了集合地你就要靠自己了，你真的能行吗？虽然蔡医生说了这次活动不是公开的，可万一被人认出来了呢？"

"被知道了也无所谓，是人都会生病。"景沐淡淡地说，"再说外面已经有很多传闻了。"

"的确很多风言风语。"傅乔一叹，转头看了景沐一眼，"但是伯母也会知道。"

"她知道了也好，可能就不会再对我抱有期待。"景沐口吻中那几分自嘲和奚落，听得傅乔心里很不是滋味。

"总之这件事是你私人的事情，没必要被当作八卦让别人蜚短流长。"傅乔轻声说。他看了一眼景沐的左手手背，那里的针孔已被化妆师用粉底覆盖。

有一段时间景沐的厌食症很严重，连一直为他治疗的专家教授都嘱咐他们要小心他的情况。

"现在的情况比之前稳定点，如果不是蔡医生的建议，我是不会同意你参加这个活动的。不过据说是一对一的社工，所以应该也不会特别受打扰。"

"我不是明星，不关心舞蹈的人没几个认识我。"景沐看了傅乔一眼，有些受不了他瞎操心的老妈子行为。

"会有专业的医生陪同，有事给我打电话……"傅乔依旧叨叨着。

"好。"受不了的景沐只得应了一声。

得到回应，傅乔得逗地笑了。

景沐到达集合地的时候，并没有看到其他人，只看到了蔡医生一个人。

他有些惊讶："蔡医生……"

"嗯。看到你面前的粉色箱子了吗？请从里面抽取你这次活动的日

程以及跟你搭档的号码。"蔡医生像往常一样笑眯眯地看着景沐。

景沐依言在箱子里抽取了一个蓝色的信封。

蔡医生示意他打开。

景沐打开信封,发现里面是一张折叠起来的文件纸,外加一个粉色的心形号码牌,上面写着"6"。

景沐有种啼笑皆非的感觉,这……弄得就好像一个相亲节目?

蔡医生看他盯着那张心形号码牌,便笑着问:"是不是很有新意?"

有新意才怪,景沐腹诽。

"这个嘛,我们充分考虑到参与者的心情。其实无论是谁,肯定没兴趣被人家当动物参观,对吧?一大群陌生人在一起活动,相互不认识,尴尬什么的避免不了,像这样一对一配对,既不会打扰别人,也能比较好地保护隐私。"蔡医生好似对自己的安排很满意。

"你是6号,就去到6号房间,你的社工搭档在里面等你了。"蔡医生一副圆满的表情,宛如月下老人一样。

景沐被他打败了。

田思乐拿着那张心形的6号牌等在房间里。

她有一点奇怪——这个蔡医生弄的这是什么呀?好像相亲节目啊!

田思乐有些窘。

"爱情"这个词离她太遥远了，以至于她念出这两个字，都感觉心里钝钝的，在提醒她曾经的创痛。

视线落到脚边的"小红"上，她忍不住自言自语起来："你这会儿倒安静了，刚才让我出了多大的糗？你说你是真的罢工不想干了对不对？是要我把你换掉对不对？"

景沐推门而入的时候，就看到田思乐对着一只红色的小皮箱说话，呃……有一点诡异，也有一点可爱。

田思乐听到动静，有些惊慌地抬起头，男生背着光，让她看不清他的脸。

想着刚才自己对箱子说话的一幕被别人看到，田思乐觉得今天不宜外出，这到底要丢几次脸啊？

她窘窘地起身，振作了一下精神，友好地打招呼："嗨，你好，我叫田思乐，是这次活动和你合作的社工。"

她走近男生，向他伸出手。

终于看清他的模样后，饶是她再想装镇定，惊讶的声音还是脱口而出："啊……是你……"是那个帮助她的人！

景沐看着她一双黑白分明的大眼睛不停地扑闪扑闪，倒是跟吃播时镜头离她的脸很近她闷头开吃的画面有点像，这让他莫名有点想笑。

"你好，我叫景沐，请多关照。"他握住她的手，轻轻握了一下便放开。

田思乐睁着一双大眼睛，这让她那张小圆脸看起来更圆润了。

她面颊烫烫的，心里有种难以形容的尴尬和奇妙感。

"喔喔……景木啊，'风景'的'景'，'木头'的'木'？"她傻傻地开口，自己都不知道自己说了些什么。

"是'如沐春风'的'沐'。"景沐回应。

再度出错的田思乐觉得自己的脸要烧成炭了。

"我是'田野'的'田'，'思念'的'思'，'乐不思蜀'的'乐'。"她讪讪地回答。

景沐微微一笑。

看到他的笑容，田思乐感觉心突突了一下，她轻轻按住自己胸口，脑袋一片空白。

景沐取出信封里的文件纸，问："要不我们看一下流程？"

"啊，好。"田思乐赶忙点头。

她的脑子慢慢开始运转，打量起今天的合作对象。

这位极品的黑衣帅哥，不仅帅还心善，却患有厌食症，难怪那么瘦，她忽然有点难过。

一定要帮助他，他是救命恩人啊，她当然要涌泉相报。

这样一想，方才的尴尬消失了，她决定好好做。

田思乐和景沐一起看起了那张文件纸上的内容,并且很自然地念了出来:

"您好,下面请看你们两天一夜活动的目的地和内容安排。

"请两位先上酒店门外的大巴,一起去往安平古镇,大约两个小时车程。

"到达古镇后,正好是吃饭时间。鉴于这次活动的目的,已经替两位准备好了古镇上正在举办的甜品展门票。请在甜品展上解决你们的午餐。

"下午请去到安平剧场,古镇正在举行经典电影怀旧活动,我们替两位安排了观赏一场经典电影。

"晚间,请两位到达集合地点,搭帐篷露营,充分享受我们这次野营的乐趣,还有安平古镇的星光。PS 晚饭由搭档自行准备,会提供食材。"

田思乐和景沐相顾无言。

田思乐镇定了一下,忽然憨憨一笑:"也不知道其他人是什么安排,突然很好奇啊。"

"快到十点了,巴士该来了。"

景沐温润的嗓音响起,让田思乐觉得这位先生平日里一定非常严谨,守时自律。

"嗯,我们出发吧。"

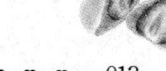

田思乐推过自己的箱子,又想伸手帮景沐拿他那只银色的小行李箱。

"不用,我自己来就好。"景沐拒绝田思乐的帮忙。

田思乐也不勉强,对方是个大男人,可能觉得由女方来拿行李丢脸。不过他是个病人,看着又实在清瘦……

注意到景沐的目光落在自己的"小红"上,不堪回首的记忆再度袭来,田思乐尴尬地哈哈一笑:"你放心,它应该不会再放肆了。"

景沐微扬嘴角。

看到男生一闪即逝的笑容,田思乐真想仰天长叹,帅哥真是上天赐予的瑰宝啊!

♥ 第二章 ♥♥
美食和电影院的眼泪

.

　　绿色的旅游巴士果然等在酒店门外,人陆陆续续地上了巴士,一时也分辨不清是酒店的客人,还是参加这次心理互助活动的同仁。

　　田思乐发觉蔡医生这么安排的好处了,大家素不相识,就不会被窥探隐私,也不会因为病人或者社工的身份而尴尬,只认得彼此的搭档。

　　果然是心理专家!田思乐暗暗给了蔡医生一个大大的赞。

　　田思乐和景沐上了车。

　　可能因为这个年轻的男生看上去太精致,肤色如雪,一副易碎的样子,需要呵护。田思乐有意让出靠窗的位置给景沐,景沐也不客气地坐下。她松了口气,安心地坐在他旁边。

　　"我和朋友去过安平古镇。其实这种大巴士不是很舒服,车上的汽油味道让人容易晕车。我们开一点点窗,让风透进来,会舒服一点。"田思乐很替景沐着想。

　　景沐点了下头。

　　田思乐又给这个男生的印象分加了一点,他不仅平易近人,还没有无谓的大男子主义,分得清别人对他的好意。

　　他长那么帅,性格还那么好,真是不可多得啊。田思乐像个老阿姨一般在心里暗暗赞叹。

意识到自己的老阿姨心理,田思乐暗自好笑,忍不住问景沐:"我今年二十六岁,可以冒昧问一下你的年龄吗?"

"二十七岁。"

"呀,原来还比我大一岁,我还以为你比我小呢,你看上去真的好小。"她惊讶地赞叹。

景沐觉得有点窘,而田思乐显然没发觉自己这种怪阿姨的口吻让人家尴尬了。

"我是做吃播的。吃播,你知道吗?就是那种在网站上直播吃东西的。"田思乐很大方地介绍自己。

"我看过。"景沐回答她。

田思乐惊讶极了:"你看过我的吃播?"

"嗯。"

"原来你认识我呀。"田思乐倏然回想起方才对方帮自己捡内衣的尴尬,"嘿嘿"笑了两声。

"有一段时间,一点东西都不能吃,听了医生的建议,尝试收看了几个吃播节目,就看到了你的节目。"他轻声说。

他温润磁性的声音化解了田思乐心里最后那点不自在,她的全部注

意力都集中到他身上。

原来他曾经严重到一点东西都不能吃啊,太可怜了。她心里忽然充满了对帅哥的怜惜。

"你愿意和我聊聊吃的吗,会不会让你不舒服?"田思乐柔声发问。

景沐摇头表示不介意。

田思乐问他:"你以前最喜欢吃什么食物?"

景沐想了一下。

田思乐很有耐心地等他回答,她明白这样的病人或许对食物都没什么好的记忆。

"小时候吃过一碗阳春面,干干净净的汤水,大蒜很香很香,虽然是猪油熬的汤,但是汤水很澄澈,我记得那碗面很香。"

是阳春面!原来这位帅哥的爱好都是那么阳春白雪,看来他的口味很清淡。

"既然你看过我的吃播,那应该看过我吃麻辣烫,因为我的吃播吃麻辣烫的次数比别的食物都多。"她笑着说道。

她明朗的笑容,让景沐的心也跟着轻松起来。

对于麻辣烫,景沐自认无福消受:"那个口味很重。"

"我从小就爱吃辣。我不是江城本地人,老家是C市的,我们那边都爱吃辣。"

景沐点点头，表示知道。

"辣这种东西吧，一旦吃惯了对身体还挺好，可以排湿气。我们那儿的姑娘皮肤都特好，个个白白嫩嫩不长痘。"田思乐说起家乡，脸上的笑容更灿烂了。

景沐仔细看她的脸，圆圆润润的，她的眼睛清亮明丽，唇畔因笑容带着两个小酒窝，鲜活生动。

他喜欢这个样子的她。

"不过嘛，因为爱吃，所以控制体重这件事，对我来说也很艰难。"田思乐笑得有些窘。

跟景沐比起来，她可真是胖妹了。毕竟他细细瘦瘦的，还很高，就显得更瘦了，不过还是很好看。

田思乐形容不来他的帅，就觉得他举手投足都非常有韵味。

比常人要好看很多。

"你这样刚刚好。"景沐看着她。

田思乐惊讶地睁大眼睛，帅哥居然说她不胖。

莫不是眼睛有问题吧？

田思乐憨憨一笑："就别安慰我了，反正我也不是很介意，健康就好对吧？"

"不，我是认真的。"

没想到景沐又特别强调了一遍。

这下田思乐真的愣了，直勾勾地看着他。

这帅哥果然不同凡人，他居然觉得她的体重刚刚好。

可能因为他自己生病了，又特别瘦，所以羡慕她这样健康微胖的人吧。

她想了想说："等下甜品展上不知道有些什么吃的呢？我以前去过安平古镇的甜品展，也不全是甜品，还有小吃跟面食的。"她怕这位先生会进食困难，又补了一句，"你如果实在不想吃，也不要勉强，我给你弄点新鲜的水果和清水。"

参加活动之前他们培训过一节课，她知道不能勉强厌食症病人吃东西，轻则呕吐，重则会出现别的问题。

景沐点了点头，不过田思乐觉得他的神情有些忧郁。

她又跟着他一起难过了，她希望他能健健康康的。

巴士到达安平古镇，便将他们放了下来，景沐和田思乐先把行李暂寄在一个地方，然后去了甜品展。

甜品展规模挺大的，只见甜品台上整齐地摆放着各种各样色泽诱人的甜品，让人有些目不暇接。

连空气中都散发着一股甜甜的香气。

景沐原本是不喜欢闻这些的，但可能因为身边的田思乐脸上的喜悦太明显，他竟然觉得没那么反胃了。

受到田思乐的影响，慢慢地，闻着那种淡淡的属于食物的香气，他心里也有了种放松的感觉。

他的视线再次落到田思乐的身上。

她今天穿了条蓝色的长裙，戴着一顶米色的帽子，圆圆的一张脸，此刻因为美食而雀跃不已。

"景沐，今年的展会比上次规模更大呢，而且食物也更丰富……你看，那边还有安平的特色面食。我就说吧，不只有甜品呢。"

田思乐侧头征询景沐的意见："我看那面食不错，不如我们待会儿尝尝看？那师傅现场擀面，汤色澄清不油腻，热气腾腾的。"

"你对食物懂得很多。"景沐出神地看着田思乐。

"嘻，其实就是喜欢吃，大吃货一个。不过，我是打算和朋友一起开间餐馆，就是那种比较有特色的小餐馆，给客人提供偏家常的美食。"

"这很好。"景沐看着田思乐。

说到自己的计划，她眉飞色舞由衷高兴的模样，以及那种喜悦跟憧憬之情将他给感染了，真是个热情又纯真的女孩。

田思乐走到一个甜品台前，专注地看了一会儿，忽然转头看向景沐。她深吸一口气，主动说："景沐，你要不要尝一下这种蛋糕？"

她给他挑了一块枣泥蛋糕，将之盛在白色瓷碟里递给他。这款蛋糕，是用新鲜的枣子以及梅干搅碎了混在馅料里，因此尝起来会有一些酸甜。

按照她对美食的研究，这是比较开胃的。

她觉得景沐需要补充一点食物了，哪怕只是吃上一口。

她也希望，自己精心挑选的东西，能让他感受到食物的魅力。

景沐望着这块可爱的蛋糕，甜美的香气夹着红枣的气息。烘焙成金黄色的蛋糕坯细腻蓬松，糕体里夹着红色细小的枣肉，让人看了食指大动，十分诱人。

如果他没有患病，他觉得自己会喜欢，可他之前有段时间无论吃什么都想呕吐，也确实都吐出来了，他实在没什么把握，这次会不会这样。

看着田思乐期待的样子，景沐忽然说不出拒绝的话来。

他用小叉插了一小口蛋糕放进嘴里，细腻绵软，几乎入口即化。

口腔里充斥着鲜奶油的清香，在意识到吞了奶油的时候，他下意识地仍有点想吐的感觉，但奇异的是，舌尖随即尝到一股清爽的酸味，软糯的蛋糕和梅子的酸甜混在一起，竟让那股反胃的感觉平息下去。

他很顺利地咽下蛋糕，往常那些极大的反应在这一瞬都消失了。他久违地尝到食物的滋味，甚至感受到甜食的魅力。

田思乐睁着一双眼，似乎在等待他的评价。

"很清爽。"他惊讶的是，这块蛋糕清新软糯，一点也不甜腻。

"嗯，我观察过了。我的鼻子可是很灵的，它鲜奶用得不多，但烘焙得非常好。你看它的糕体，还有那酸酸的梅子有止吐开胃的效果。恭喜你，尝到了美味的蛋糕。加油！"

田思乐给景沐比了个大大的赞，把他给逗笑了。

田思乐拉着景沐走到安平面条的摊位。

"你看，这都是一小碗一小碗的，等下我们问师傅要一碗尝尝，如果你不想吃的话就交给我。"田思乐看着景沐笑盈盈地说。

"这个面条我上次来的时候吃过，味道很清爽的，有点类似你讲的阳春面。这面条是现擀的，汤水是用安平镇当地的猪骨熬的，很香。"

"你很会吃。"景沐说了一句。

田思乐憨憨地笑起来："哈哈，我吃得多嘛。"

很显然她误会了，他其实不是那个意思，可是看她没有放在心上的样子，他把想说的话咽了下去。

她看起来很开心，为美食而满足，这神情和吃播时的她是一样的。

"师傅，请给我们一碗。"

圆脸的田思乐看起来很讨下面师傅的喜欢，他干脆地应了声"好嘞"，马上递了一碗面条给她。

田思乐把小碗的面条递给景沐。

景沐在她鼓励期待的眼神下接过面条。

"你先闻一下喜不喜欢这个味道,不喜欢的话就给我吧,不要勉强。"田思乐察言观色地说。她怕景沐因为她的好意而勉强自己,这样是不行的。

景沐点点头,小碗汤面的香气很浓,有那种小时候食堂里的味道,很香,很引人食欲。

景沐在确认自己没有反胃的感觉之后,先浅浅地喝了一口汤。

鲜汤入口,一股浓郁的食物香气立马包裹口腔,对他来说有一点陌生,因为他很久没有感受到这种属于食物的油气和香气了。

田思乐说得对,这的确让他想起小时候的那碗阳春面。他吃了一小筷面条,面条劲道口感很好,在他努力地咽下去之后,还没开口说话,田思乐却已经眼明手快地从他手里接过面碗。

"你……"

看她毫不嫌弃地把小碗面条吃完,景沐只能怔怔望着。

"叫你不要勉强嘛,我刚才看到那边有卖粥的,等下我们去买一碗,你试着喝点粥吧。不然真什么都不吃的话,晚上你会没力气搭帐篷的。"

"我现在没那么严重。"他忍不住想要反驳她,如果像她说的那样,他根本不会被允许参加野营,虽然之前有一段时间他的确像她说的那样。

"嗯,那这样吧。我们暂时分开,你去看看有没有自己想吃的,我也去买我要吃的,等下我们就在那边提供给客人尝吃的座位会合。"田思乐指了指不远处一排蓝色的桌椅,那边已经有不少客人在吃午饭了。

"好。"景沐点头。虽然他更想跟着田思乐看她挑选食物,但是又不想变成她的累赘。

于是,田思乐和景沐暂时分开。

在田思乐迫不及待地准备要一盘剁椒蒸鸡的时候,她不知道有个男人正在不远处震惊地看着她。

顾唯熙看着那个熟悉的身影,熟悉到让他脑海一度空白。

那是……田思乐?

顾唯熙直直看着田思乐,心底涌起惊涛骇浪,三年了,终于又见到她。

他的眼睛紧紧盯着她。

田思乐还没有看到顾唯熙。她站在餐台前面,对剁椒蒸鸡充满了期待,肉嫩多汁,一定鲜美到极点。

直到有人叫了她的名字:"田思乐。"

低沉沙哑的声音,让田思乐心神一颤,只觉得自己在做梦,或是出现了幻觉。

然而转过头,那个人真实清晰地呈现在她眼前。

年轻的男人,英俊儒雅,穿着一袭铁灰色的西服,精致的领结,内

衬的白衬衫一尘不染,光亮的皮鞋,好似和这个环境格格不入。

"思乐,真的是你……"男人的声音有些低哑,神情亦有几分激动。

田思乐闭紧了嘴巴,双手紧攥,想要镇定一点,却还是打心底强烈排斥——她真的不想再看到顾唯熙这个人。

她下意识地想要逃走,顾唯熙却不给她机会。

"思乐,你好吗?这些年我一直……很想你。"他炽热地望着她。

看到面前这张圆润清秀的脸庞,田思乐还是以前的样子,几乎一点没变,他都觉得不可思议,似乎就在昨天,宛如他们最美好的时候。

"顾唯熙,我们已经没什么好说的了。"田思乐深吸一口气,尽量让自己心平气和。

"思乐……"顾唯熙听了她冰冷的言语,心里有抹难以言喻的痛楚,这痛楚他很熟悉,已陪伴他多年。

从他做错了选择,放手那天起,他就一直有这种后悔的情绪。

现在他终于找到她了,这是上天给他的另一次机会吗?

顾唯熙为这重遇的缘分,感到某种久违的轻快与喜悦。

田思乐强迫自己镇定,告诉自己不应该为这个人难过,他已经彻底与她无关,不属于她的世界。

顾唯熙望着田思乐那双倔强却又难掩脆弱的眼睛,与他记忆里好多年前她的样子重叠在一起,他的心脏如被攥住。

"思乐……"他是这样温柔地叫她的名字。

看到前方一个黑衣的身影,田思乐如遇救星地立刻抛下顾唯熙上前,并且用胳膊挽住了景沐。

忽然被挽的景沐怔了一下,就听到田思乐求救似的轻声说:"拜托。"然后,她亲密地将头靠在景沐肩上。

景沐感觉到有一道灼人的目光正望着自己,他抬眼看去,就看到一个西装革履的英俊男人,瞪着自己和田思乐,脸上写满不悦。

景沐会意地揽过田思乐,轻声说:"我们走。"

田思乐点点头,挽着他快步离开。

走出甜品展的会场,田思乐松了一口气,放开景沐:"抱歉,刚刚谢谢你了。"

"没关系。"景沐轻声说。

他清悦的声音,莫名抚平了田思乐心里的焦躁。

风吹过来,他们在河边坐下,安平镇的水乡古韵,在这一刻显得极美,不远处的桥洞、青砖石瓦、乌篷船,都让她放松。

她噘噘嘴,景沐听到她说:"刚刚那个是我前男友,我不是很想见到他。应该说,我这辈子都不想见到他了。"

景沐静静地听着。

"不是很愉快的经历,看到他就会让我想起以前的自己有多傻。"田思乐闷闷地说,"对不起,害你连午饭都没吃。"

"没关系,我有这个。"

田思乐意外地看向景沐,就看到他从自己的背包里掏出一瓶类似纯净水的东西,打开盖子喝起来。

"这是口服营养液?"田思乐的表情有点微妙。虽然她听说过这种东西,但还是第一次亲眼见人喝。

"嗯,类似葡萄糖。"

"因为吃不下饭,所以就喝这个?"她问。

她声音柔和,眼神关切,让景沐心里有几分异样的感觉。

他点了点头。

"没关系,慢慢来,就当你最近拉肚子胃口不好,需要吃得清淡些。"她轻柔的声音,奇异地缓解了一些尴尬。

"嗯。"景沐应了一声。

看他这么乖的样子,田思乐震撼了,帅哥这样真的好奶好可爱啊!不知他小时候是什么样子,怎么有这么可爱的男生呢?

她都想像个怪阿姨掐他脸蛋了。

田思乐暗骂自己变态,她转换了语气,可惜地叹口气说:"忽然想到我的剁椒蒸鸡,还没吃到。"

"等下再回去？"景沐怔了一下后提议。

"不了，有些东西错过了就不用勉强了。"田思乐忽然说了句很具内涵、富有哲理的话，这和她平常嘻嘻哈哈的样子非常不搭。

景沐看了她一眼，就见她从包里掏出一个包装好的汉堡。

"看吧，我早有准备，其实是准备的加餐，没想到派上用场了。这个是鸡蛋堡，很好吃的，你看过广告吗？"她咬了一大口，嘟囔地说。

见状，景沐有种错觉，好像在现场看她吃播。

对于她情绪转换如此之快，景沐叹为观止。

田思乐吃东西真的很香，啊呜一大口，一点不斯文，却也不难看，只让人感觉到好吃。这可能是她与生俱来的感染力吧，景沐看她享用着鸡蛋堡，感觉连手里的营养液都变好喝了。

他们坐在河边，不时有乌篷船缓缓经过，景沐听到田思乐清亮的声音："我忽然想到一件事。"

"什么？"

田思乐看着景沐过分俊美的脸，笑起来："小时候春游的时候，我也这样在河边吃午餐，然后搞笑的事情发生了，我的包掉到河里去了，恰好有划船的游客经过，帮我把包捞起来还给我……"

她说得生动有趣还有几分怀念，他都很想见一见那时候的她。

"还好妈妈给我准备的大餐盒在我手里,否则一起掉到河里就没得吃了。我从小就是个饭量大的姑娘。"田思乐明朗地笑起来。

"不过,我虽然吃得多,但是发育很慢,五六年级的时候比我的小伙伴矮上很大一截。我妈都要以为我会一直是个矮冬瓜了,谁知道后面嗖嗖地往上蹿,好歹满一米六了。"

她看着景沐如同雕塑的侧颜,忍不住问:"你看起来好高呀,身高是多少?"

"一米八二。"他转头看她。

田思乐倏然对上景沐那双黑色的眼瞳,感觉心里"扑通"了一下,果然好看的男生杀伤力惊人。

"好高。"她由衷地叹了声,瘦高又纤细,就好像一个艺术家。

田思乐好奇起来:"那可以冒昧问一下,你是做什么工作的吗?"她真的很好奇,因为这个男生看起来太特别了。

"我是舞蹈专业毕业的。"

"原来你是跳舞的。"田思乐恍然大悟,仿佛一切都有了合理的解释。难怪他身姿那么美,一举一动都特别吸引人,这才对嘛。

"你好像很惊讶。"景沐被她的巨大反应弄得有些赧然。

"哈哈,就是觉得太契合了,一下就惊讶地叫出来,对不起。"田思乐爽快地承认。

田思乐很快想到景沐为什么会有厌食症，应该是和过度控制体重有关吧。不过她对探听人家的隐私没兴趣，也不想碰触别人的伤口。她拍了拍手，把包包整理好，拿出手机看下时间。

"差不多快到看电影的时间了，我们先去安平剧场吧。"

"嗯。"

安平剧场的建筑很有民国风格，徽州建筑的砖瓦。

田思乐已经把景沐当成朋友，虽然她自己也挺奇怪的，明明两人刚认识不久，对方还是个不怎么爱说话的人，为什么相处起来就挺自在的，她在他面前没有任何的不舒服。

"我很喜欢这种徽州建筑风格的房子，去过好几次徽州古城。春天的时候，那边的油菜花和江水特好看。你去过吗？吃过那里的毛豆腐吗？"田思乐是一个很会分享话题的人。

景沐暗想她这种爽朗的性格，可能跟谁相处都不会尴尬。

"我以前表演的时候，去过。"景沐点点头。

"对毛豆腐的印象如何？"田思乐打趣地问。

景沐看她俏皮的神情，摇了摇头："不是很适应。"

"哈哈，果然。"田思乐开心地笑起来，"我就猜到你应该不会喜欢，可是我很喜欢，超臭的，刚炸出锅热乎的毛豆腐蘸着辣酱，一口吃下去，

那个滋味……"

她讲得很有画面感，景沐都能想象得出来那种画面，她果然是吃播达人，有种随时随地的美食播客既视感。

"你选一个影片吧，我随你。"鉴于今天景沐帮了她好多次，田思乐觉得应该让男士优先。

景沐看了下，他本意是想看希区柯克的悬疑电影，但最终选了一部暖爱的片子。至少他从海报和片名来感受应该是，他觉得田思乐会喜欢。

"就它吧。"他决定之后指给田思乐看。

"景沐你太强了！"田思乐开心地握住他的手，"我刚好想看这个，谢谢，谢谢。"

她欢欣的样子，让他都心情开朗起来，果然，没有选错。

"这可是我最爱的电影啊，都多少年没有重温了。"

景沐心底惊讶了一下，又再度看了看那部电影的片名：

《情归阿拉巴马》。

原来是她最爱的啊。

看电影时，田思乐沉浸其中，可能是因为今天偶遇顾唯熙的关系，她看的时候心里有根弦一直绷着。

她觉得电影里的女主角跟她的人生刚好相反。

女主角有一个那么爱她的男人一直在等她。

等过了他们的青春岁月，等过了最好的年华，他终于也等回了她。

如此细腻动人的爱情，曾经她也幻想过，幻想她跟顾唯熙结婚的时候，她也要像电影里的女主角那样回应他。

然而支离破碎的现实狠狠甩了她一耳光，让她清醒。

在听到那句经典的台词"You're the first boy I kissed,Jake,and I want you to be the last（你是我吻的第一个男孩，杰克，我希望你是最后一个）"时，田思乐泪流满面。

现实丑陋又悲切，让她再也记不得爱情的模样。

可是不知道为什么，她在看这样细腻美好的爱情电影时，还是会感受到美好，内心深处仍有渴望。

她的心还没有死吗？

在看电影前，景沐是万万想不到田思乐会哭成这个样子的。他看到那张被泪水浸湿的脸，不知为什么，就像在他心上刻了一笔。

景沐一时手足无措，想要递纸巾给她，却又怕极了会打扰她，会再次伤害她，或许她想要自己一个人，不想被任何人发现。

一番纠结后，景沐还是选择不打扰田思乐，就当作没有看见。

不过,他的注意力再也无法集中在电影上了。

他看着田思乐慢慢地平复心绪,看着她悄悄地抹干泪水,看着她深呼吸,看着她因为男女主角终成眷属,面上闪过一丝的羡慕但更多是惘然和空洞的时候,他终于知道,她的心一定受过很重的伤。

❤ **第三章** ❤❤
和你睡在帐篷里

田思乐的情绪调节很快，出了电影院又像没事人一样，景沐很体贴地不去戳破。

两人来到营地集合的时候，其他参加活动的人已经在陆陆续续搭帐篷了。

田思乐领到他们的野营帐篷，而景沐也将行李放到了一边。

"我还是第一次搭这种帐篷。"田思乐看着绿色的帐篷。

"我还以为是那种很小的，这个看起来很宽敞。居然还准备了睡袋，所以蔡医生是真的打算让我们睡在野外？"她哈哈地笑起来。

"听说这里晚上的星空很好看。"景沐轻声说。

他声音温润，田思乐觉得听他说话是种享受。

他还真是天之骄子，不仅样貌得到老天的厚爱，连声音都受到眷顾。

"篝火燃起来气氛好棒，其实偶尔这样，远离都市的喧嚣，还挺舒服的。"田思乐开心地说着。

四处是草木的香味，一旁的朋友动作很快，帐篷都快搭成了，大家都兴致勃勃的。

见状，田思乐动员景沐开始行动。

之后，景沐的动手能力让田思乐刮目相看。

他头脑清晰，步骤分明，转眼间，他们的帐篷就顺利地搭建起来。

"大哥真棒！"田思乐对景沐竖起了大拇指，然后决定做好自己擅长的事情，"接下来你休息，晚餐我做好吃的给你吃。"

自告奋勇后，田思乐想着晚餐应该要做些什么。

最后，田思乐给景沐准备的晚餐是一碗颜色晶莹的菜粥。

菜粥看上去很清淡，绿色、白色相混合，有蔬菜的香气，热气袅袅，勾人食欲。

景沐很是惊奇。

"怎么样，看上去还能吃吧？"田思乐开心地笑起来，觉得景沐不是很讨厌她做的晚餐的样子。

景沐拿调羹轻轻舀了一小口粥送入嘴中，软糯的米粒立时在口腔中迸发，很淡却很鲜。

"这是荠菜，很鲜，应该不会反胃。"田思乐对他解释，她神情温柔，"如果不喜欢的话不用勉强，我不会难过的。吃饭这种事，顺其自然就好。"

景沐心里如注入一股暖意，他轻轻应了声："好。"

田思乐笑起来，眼睛亮晶晶的。

她也准备吃自己的晚饭了。

景沐注意到她与自己不同的晚餐。

"这是自热小火锅。"田思乐边对景沐解释,边掀开了盖子,"这个味道可能比较重,你要是受不了就坐得离我远些。"

她怕麻辣味熏到景沐。

然而她实在太饿了,一闻到花椒的香味,就忍不住下筷子,夹起一筷粉丝,"呼噜"一声吃下去。

哇,鲜辣够味,还不赖!

她吃得嘴唇红彤彤的,不停地将粉丝、藕片、午餐肉送入口中,整个过程一气呵成。

景沐看得发呆——她吃得也太香了。

等到田思乐从美味里回神的时候,才发觉身旁景沐的表情。

她有点不好意思了,意识到自己的吃相可能太"豪迈"了,忍不住红了脸。

"哈……不好意思,我太饿了。"田思乐支支吾吾地解释。

景沐笑了。

他的笑容太好看了,暖如春阳,明艳动人。虽然田思乐觉得不该用这么女性化的词汇来形容他,但此情此景,真的让她有种"美人的一颦一笑皆是风情"的感觉。

"看着你吃,就觉得很香。"他声音低沉地说。

得到景沐的认同，田思乐的心"扑通"一声，是乱了节拍的声音。

晚餐后，两个人一起靠坐在帐篷边看星星。

"这里的夜空果然和城市里不一样。"田思乐有感而发，"我来江城很多年了，但是很少看到星星。"

"你是读书时过来的？"景沐轻声问她。

"嗯，大学时候考过来的，家里人还很开心，说大妞终于要到大城市去了。"田思乐想起家里的爸爸妈妈，朴实地笑起来。

"你喜欢江城吗？"景沐不禁问她。

"还挺喜欢的。"她的声音轻下来，"这是个让人憧憬的城市，有许多人怀抱着梦想来到这里，但生活不可能一直顺遂，有时候会发生些残酷的事……"

她觉得气氛好似有点伤感，于是话锋一转："在我老家星星可多呢，比现在看到的毫不逊色。"她露出明朗振作的表情，仿佛想到了什么愉快的事情，"等我的小店开起来了，稳定一些，就可以把爸爸妈妈接过来。"

"景沐，你是江城本地人吧？"

"嗯。"景沐轻轻应了一声。

"那你有过思乡的体会吗？"田思乐有些好奇。

"在外面演出的时候会，读书时我曾在国外待过很长一段时间，那

时候也很想家。"

田思乐点头:"难怪,我总觉得你和江城本地的男孩子不一样。"

景沐有些不解地看她。

田思乐忙说:"是好的意思。就觉得你这个人很绅士很体贴,非常懂事,总之你跟我接触过的那些人不一样。江城的男孩子都有点娇生惯养的,还很有优越感。"

她像是想到什么,神情有些暗淡。

"不说了,也不能以偏概全嘛,总之我还是很喜欢江城的。"她嘻嘻地笑,不愉快的事仿佛都被她驱走了。

景沐也没再说什么。

这时候,田思乐的手机忽然响起来。

田思乐一看电话号码,讶然道:"是我房东打来的,不好意思,我先去接一下。"

田思乐并没有走很远,便接通了电话。

"田思乐,你怎么还没把东西搬出去?"

"搬?我为什么要搬?"田思乐一头雾水。

"怎么回事?陈丽退了房子的事,你不知道吗?星期一的时候,她就把押金都拿走了。"

田思乐惊呆了。

"你说什么？我……我不知道有这回事，这个月房租我不是都汇给你了吗？"回过神来，田思乐有些结巴起来。

"房租你是在月初的时候按时打给我了，但是陈丽来找我解约是在那之后。你跟她是室友，你不是被她骗了吧？当时你们两个一起来租我房子，房租也准时给。陈丽说不租了要退房的时候，我还问过她，她说她和你一起回老家。"

"陈丽没有跟我说过这回事，我们没打算走。"田思乐又急又吃惊，"房东叔叔，我……我需要租房子的，我还要住下去。"

"这个事情我现在也没办法了，陈丽与我解约后把押金都拿走了，而且我也找到新租客了，和她签了合同她下星期要住进来。我本来打算今天检查一下打扫卫生的，才发觉你的东西都还在。你这姑娘，被你朋友骗了啊！"

田思乐一咬唇："这样，房东叔叔，你先等我一下，我和陈丽联络一下，等下再打给你。"

田思乐打了很久电话，景沐望过去，只见她拿着手机一副焦急的模样。

景沐有些担心，忍不住站起身。

田思乐拨打室友陈丽的手机,然而得到的回复却是"您拨打的号码是空号"。

田思乐再傻也察觉出不对劲了。

房东说的都是真的,陈丽真的私自退掉了房子还拿走了她的那份押金,在完全没有跟她商量的情况下一走了之,连手机号码都注销了,让她找不到人。

田思乐心里又惊又急,她和陈丽合租已经快两年了,还从没出过这样的事。陈丽是遇到什么事了吗?可是陈丽什么都没对她说,怎么能这么对她?

田思乐鼻子泛酸,她努力地吸鼻子,提醒自己要镇定下来。

现在房子没了,押金也没了,她全部的积蓄都用在和春霞合作开店上了,一时间她连应急的存款都没有。

无家可归的她能住哪里?她现在连住酒店的钱都没有啊。也不能求助春霞,春霞家里不宽裕,况且春霞还是硬挤在哥哥的房子里住着,大嫂已经很不满了……

泪在眼眶里打了好几个转,田思乐最后鼓起勇气拨打了房东的电话。

她把自己的情况大致跟房东说了一遍:"房东叔叔,可不可以帮我个忙,让我继续租下去。房租我会按时付的,我一直都很准时这点你知道啊。"

"小姑娘，我也没办法，签合同的租客是要住两个人，实在是住不下你了，我们租房子也要讲诚信。你被朋友骗了我也很为难，但这种事没办法。"

在田思乐想厚着脸皮求房东想想办法，有没有别的房源供她住一下的时候，房东却已经挂了电话。

田思乐一下怔在那里，只感觉风吹过来好冷好冷，她整个人像冰棍一样。

在江城租房子本来就不容易，更别提她现在身无分文。

但是她又不能把和春霞的合作金拿过来，难道真的露宿街头？可是露宿街头的话，吃播怎么办？她也是跟网站签了合同的，吃播总要进行下去啊，不然又要付违约金……

田思乐轻轻捂住嘴，努力忍着眼泪。

一张白色的纸巾递到田思乐面前，她泪眼蒙眬地回过头。

"对不起，我不是故意要偷听你讲电话，我看你一直不回来，有点担心……"景沐轻轻地说。

他低柔的声音，不知为什么令田思乐更想哭了。

她一动也不敢动，因为她怕自己一动就会痛哭出声。她不是一个爱

哭的人，也不想别人看到她这么狼狈的一面。

"可能有点冒昧，不过你愿不愿意住我家？"

景沐说出来，也觉得自己冒失，这样太容易让人误会了。

他急忙解释："是这样的，我家房子很大。我的助理一直在找一个需要住家，类似于管家之类的人。就是帮忙打扫房子，还有给我准备三餐……"

看田思乐的神情，景沐觉得自己越说越糟，在口才这方面，他实在比不上傅乔。

"我没有不尊重你的意思，也绝对没有恶意，我……"他口拙的样子，莫名地缓解了田思乐心上的难过，还有点暖。

他哪里像有恶意，他这个着急的样子既可爱又和善，田思乐一点都想象不出他是个坏人。

虽然他的提议确实让她有点吃惊。

"你别急，我知道你是好人。"她傻乎乎地替他解释。

景沐的心轻轻震颤了一下，双眼望着田思乐。

"我的助理名叫傅乔，他正在给我物色一名管家。其实也不能说是管家，据我所知，他应该是想从家政公司一类的地方，寻找专业人员。工作的内容，主要还是管理我的房子，同时兼顾我的三餐。之前因为我演出的缘故,我一年多半的时间都在外面,家里的事一直由家政公司定期安排人来打扫整理。现在我生病,在家的时间多了。傅乔就觉得,找一名住家的保姆,这样更好。"景沐轻沉的声音,慢慢地对田思乐解释。

"但我是个比较认生的人,不太容易和陌生人相处。"他看着田思乐,"我听到你说房子的事,就想到这个问题。一来可以解决你住房的问题,二来又能解决我认生的问题。"

田思乐的嘴唇动了动,轻柔地说:"谢谢你的好意,可我不知道自己能不能做好,还有……"

她有许多顾虑,景沐觉得能理解:"嗯,你是个女孩子,是会觉得不方便。不过傅乔肯定是会和你签订正规合同的,你的安全问题都会得到保障,我不是个坏人。"

他愣愣地又补充了这么一句。

如果不是因为心情太糟糕,她都要被他逗笑了。怎么会有这么可爱的人呀,她心里想。

她相信自己的眼睛,她的心清清楚楚地告诉她,他不是坏人,绝不会对她心生歹意。

"是我不好意思。你的助理肯定是想替你找一个专业人士。"她轻轻地说,"景沐,谢谢你的好意了,不过你还是找更合适的人选吧。房子的事我自己想办法。"

"我希望你可以和傅乔见一面,听听他的说法。一来我不想更多人知道我生病这件事,二来你刚刚煮的那碗粥,我吃掉了一半。可能你不能理解,但对我来说,已经是个奇迹。"景沐娓娓说道。

看着他认真的样子,田思乐觉得,他太有说服力了,她都快被他说动了。

他有神的眼睛望着她:"我之前就说过在看你的吃播,其实最近这段时间我一直在通过这种方式感受食物给人带来的乐趣,所以我觉得,如果和你在一起,我的病会有治愈的希望。"

他说动她了。

他的一言一语那么朴实,每一句话都打动了田思乐。她参加这个活动,其实也是希望可以起到这方面的作用。

对上景沐坦诚的视线,田思乐轻声回答他:"好,我愿意见一下你的助理,如果他也觉得我能够胜任……"

她话未说完,就看到他灿烂的笑容,而这笑容又令她的心脏狠狠一跳。

在睡袋里睡觉的经历于两人都是陌生的,他们看着对方像个团子一样缩在睡袋里,田思乐终于忍不住"扑哧"一声笑了出来。

"我们这个样子好像毛毛虫哦。"

景沐发现她长了一双笑眼，笑起来眼睛弯弯的，如新月。

此时两人的距离很近，但因为都裹着睡袋，倒也没那么尴尬。

"你冷吗？"景沐问田思乐。

"没有，还挺暖和的，你呢？"田思乐担心景沐的身体。

"还可以。"他回答她。

田思乐放心了。

"我感觉自己再胖一点，也许这睡袋就装不下了。"抛去那些烦心事，田思乐苦中作乐地说。

景沐轻轻一笑："严谨一点，这个睡袋可以装下一米八的大男人，怎么会装不下你。"

"哈哈，开个玩笑嘛。"田思乐笑起来，"不过我的睡袋确实比你挤啊，你看你的睡袋好宽松喔。"

她觉得景沐连躺在睡袋里都是美美的，这个人任何时候的姿态真是没话说。

"不知道蔡医生是怎么想出这些东西的。我忽然觉得，他不去当电视台的综艺策划人真是可惜了。"田思乐越想越觉得那个老头不靠谱。

"其实也蛮新鲜的。"景沐被她的话逗笑，"你看，每个帐篷里都有温暖的灯光，这世上，还是好人多一些。"

田思乐深有同感。

"我很喜欢义工的活动。"她对景沐说，"我已经参加三年了。与其说是帮了别人，倒不如说我自己也受到了帮助。"

景沐安静地听她讲。

"我刚加入的时候，其实那段时间心里很难过，因为遇到了不好的事。是这项活动，让我自己慢慢地放开，跟别人接触之后，了解别人的故事，自己也在慢慢疗伤。"

田思乐说着心里话："一个人不应该把自己封闭，还是应该接触更多好的人、热情的人。"

景沐喜欢她这样细腻触动心灵的话语，她果然是个很温暖很善良的女孩。

"你睡着了吗？"田思乐见他闭着眼睛，轻声问。

"嗯，还没。"景沐闭着眼睛回答她。

田思乐看着那张近在咫尺的俊美脸庞。

他连睡觉的样子都很好看，肤色如雪，睫毛长长的，看上去非常温柔。

她的目光顺着他高挺的鼻梁向下，感叹他的皮肤非常好，毛孔比她这个女生都要细小。他的唇色淡淡的，唇形非常好看，脸上有一颗若隐若现的水痣，恰到好处的风情，真是每一处都完美的。

田思乐暗中慨叹着，忽然觉得这张睡颜，若是每天睡前都能看到，必然是一件非常美好的事情。

她被自己这个念头惊了一下，觉得有点危险。

田思乐，你在想什么啊。

有幸跟帅哥野营同帐，还是静静地欣赏美颜吧。

在她不着调的胡思乱想中，景沐忽然睁开了眼睛。

田思乐的心脏"咚"的一声，吓得不轻，她感觉自己脸颊发烫，就好像一个不光彩的偷窥者。

"晚安。"

他温柔地对她说了这两个字。

田思乐结结巴巴地回他："晚安。"

她感觉他笑了，嘴角呈现的弧度，看上去很像笑了，是那么好看。

帅哥真是上天的瑰宝，她再一次感叹。

第四章
童话里的小王子

结束野营的第二天,田思乐就接到傅乔的电话,此时她刚收拾好行李。

"田小姐你好,冒昧打来电话。我是景沐的助理傅乔。"清亮的男声听起来十分有精神。

田思乐忙振作精神,握紧手机,"嗯"了一声。

"傅先生你好。"不知为什么,她有点忐忑,她意识到自己确实需要这份工作。

"景沐跟我说了你的事,我们见一面吧。"傅乔说。

田思乐点头:"好的。"

……

田思乐稍作一番打扮才从家里出发,希望给人留下好印象。

在约定的地点傅乔开了车来接田思乐,车子是一辆黑色的保时捷,车上只有傅乔一个人。

田思乐在车上闻到一种很淡很淡的香气,不是车载香水的味道,是一种很别致的冷香,淡得几不可闻。田思乐一下就想到景沐,这是跟他

很相配的气味。

半个小时后,车子驶入一个寂静的别墅区。田思乐知道这是江城赫赫有名的名品别墅,有多少人渴望住在这里。

她有些忐忑,总觉得像是进入了一个跟自己格格不入的世界。

这种感觉以前她也曾有过,她的前男友,是那样残忍又现实地提醒了她,他们之间的差距。

景沐到底是一个怎样的人?田思乐忽然觉得自己很傻气,对景沐一无所知,却欣然接受了他的好意。

车子停在一栋有喷泉的白色别墅前。傅乔还很绅士地为田思乐打开车门,田思乐跟上他,轻轻攥紧了自己的小挎包。

她听到傅乔的声音:"田小姐,你有驾照吗?"

"有,不过车技不熟练。"她像个回答老师问题的学生。

她乖顺拘谨的样子令傅乔有些忍俊不禁,看得出是个很老实的女孩子呢,他觉得更满意了。

房子的装修田思乐都不敢细看,在换了拖鞋之后,她目不斜视地跟着傅乔走进一间房。

这是一间书房,大大的落地窗外是一条长廊,日光充足。绿色的盆栽,让这间书房充满了生机。

屋内采光极好,白色和绿色交织,让人感到舒适。她甚至很想赤脚去外面那条用石头铺成的长廊里走一走。

然后她看到了景沐,他坐在一张沙发里,对比沙发的巨大,他整个人显得小小的一团。

和在野营时见到的又不一样,他头戴一副橘色的耳机,在专注地听着什么,就像个矜贵的王子。

傅乔走过去推了推景沐,他才回过头看到刚进来的田思乐。

景沐摘掉耳机,站起身:"思乐,你来了。"

他的声音里有种淡淡的温柔,让人觉得十分动听。

田思乐觉得这样的景沐有一点陌生。意识到他们俩毕竟是只相处过一个周末的陌生人,心里的局促跟紧张让她觉得不自在,她坐下来,与景沐面对面。

傅乔则坐在他们边上,笑眯眯的样子,很难让人有防备之心。

"景沐已经跟我说过了,他想聘请你做他的管家,打理这栋房子以及准备他的三餐。"傅乔也不迂回,直入主题。

田思乐喜欢他这种交流方式,她点点头,继续认真听他讲。

"不过这个工作其实没听起来那么轻松。你知道的,景沐他有厌食症,之前严重的时候,基本上吃不下东西,没有食欲,也很容易因食物呕吐。"

傅乔说出来的话让田思乐心里震动了一下,虽然她有了解过这方面,

但傅乔这样讲出来,她震惊的同时也有些说不出的难受。

"景沐是一名挺有名的舞蹈家,不知道你听过他吗?看来是没有。"看着田思乐茫然的样子,傅乔笑起来,看来这位田小姐除了她的吃播,对艺术毫无了解。

田思乐心里是微微吃惊的,有名的舞蹈家?看来景沐比她想象的还要了不起,难怪可以住这样的房子啊,也难怪一举手一投足都有股说不出的贵气。

只是他过于清瘦,脸色也很苍白,她没有见过他在舞台上的样子,很难想象他用这样一副身躯舞蹈。

她偷偷地看一眼景沐。

"之前找过别人,但都不是很合适。景沐是你的忠实观众。"傅乔含笑说道。

听到这里,田思乐微微红了脸。

"所以说你也不要太过担心自己没有接受过系统的家政培训,其实比起家务,我更希望能找到的是一位对他病情有益的人。这么说吧,田小姐你是心理义工,野营活动又恰好和景沐分在一组,这也是一种缘分不是吗?你知道他的病情,又恰好能让他吃下东西。

"景沐对我说,这次野营吃过你煮的粥。光凭这点,我就觉得你是最适合的人选了。"

傅乔一张嘴舌灿莲花，景沐听着自叹弗如。

见田思乐也是一脸被说动的表情，景沐的心里莫名松了松。

他一直很怕田思乐拒绝。

"目前我们很想景沐可以尽快康复。他只能休息短暂的时间，如果时间长了，他不能跳舞，这对我们来说是巨大的损失。他需要一个健康的身体。"傅乔说得动情，一脸真挚，"过去两个月，最艰难的时候，他基本吃什么都吐。所以他说吃下你的粥，还很美味，我都惊讶死了。田小姐，请你务必接受这份工作。"

景沐都在心里为傅乔鼓掌了。

"当然，田小姐也不必有压力，治病这种事，顺其自然就好。我只是觉得田小姐能成为很好的助力。"

"傅先生，我很乐意接受这份工作，我会努力帮助景沐恢复健康。"田思乐的视线落到景沐身上，眼神真善而明朗。

景沐的心如一根丝弦被拨动了一下。

田思乐没有想太多，见了傅乔之后，她所有的顾虑都消失了，只是很想接受这份工作，也很想能让景沐好起来。

一直以来，她做心理义工就是希望能够帮助别人，而这次，想让一个人健康起来的念头是如此强烈。

"当然了，待遇方面我们也是非常有诚意的，因为景沐的情况有点

特殊,所以需要一天二十四小时待命。"傅乔又说。

他观察着田思乐的神情,又补充说:"你不要有什么担忧,我们会和你签订一份合同,合同里所有的条款都会列明。你绝对可以放心地住在这里,不用担心孤男寡女会有谁对你不利,你的安全是有保障的。"

傅乔的话让景沐的视线转向他。傅乔这样直白的话让景沐担心田思乐会被吓到,但傅乔无视了景沐,只看着田思乐。

"我不是这个意思……"田思乐觉得有点窘,其实她担心的不是这些,她根本不会把景沐想成那样的人。

"傅先生,我想知道有没有假日,因为我和朋友在准备开一间小餐馆,虽然还没那么快开张,但有时候会需要出去处理一些事。"

她有些不好意思,其实她能做这份工作,是因为景沐为了帮她而屈就,她居然还对人家提要求。

"我不需要傅乔说的那样二十四小时待命,你有事的话当然可以出去处理。"景沐忽然说道。

傅乔心里暗叫:大哥啊,你别拆我台啊。他忍不住瞪了景沐一眼,面对田思乐时又换了一副面孔:"田小姐,当然没那么严格,但鉴于我们给你的待遇很好,也希望你能在这份工作上多多用心。"

"当然的,我知道,我一定会好好照顾景沐的。"田思乐忙不迭地点头。她满腔热心,怎么可能不认真对待这份工作呢,她对景沐感激得不行。

"傅乔,就这样吧,你和思乐把合同签一下,然后帮她把行李搬进来。她的房子解租了。"景沐不想田思乐为难,最后拍了板。

田思乐看着景沐,心里有股热潮涌动,轻声说:"谢谢你。"

景沐对她点了下头,又看向傅乔:"我有些累了,先去睡一下。"

傅乔很想白景沐一眼,可毕竟他是自己的死党兼老板,便只能假装大度地说:"你去休息吧,待遇跟合同我会替田小姐弄妥。"

"思乐,你随意。"景沐对田思乐淡淡一笑,就离开了书房。

田思乐看着他黑色瘦削的身影消失,才恍然他今天的衣服也是黑色的。景沐他好像很喜欢黑色呢,但她觉得,明朗的颜色也许更适合他。

景沐离开后,田思乐独自面对傅乔,忽然觉得有一点紧张。她觉得傅乔的气场像是忽然变了,不再和颜悦色,反而有些严肃。

傅乔从文件夹里取出拟好的合同放在田思乐面前。

"田小姐,这是我们原本拟订的聘用合同,你先看一下。当然刚才景沐答应你可以随时外出处理自己的事情,之后也会添加进去。"他戴上了金丝眼镜,让田思乐想到日漫里那种精明的管家形象。

田思乐明白他的意思,乖乖地点了点头。

下午,田思乐就带着行李搬进了景沐家。她的房间在一楼,是一间

面向庭院的房间。

拉开窗帘,就能看到那条别致的石头长廊和修剪齐整的绿植,田思乐很喜欢这个房间。

"景沐的房间在二楼,所以基本上整个一层都是你一个人的天地。"傅乔笑着带她熟悉环境。

田思乐暗想这个人有两副面孔,签合同的时候是一面,现下又如沐春风。

"你每天根据他想吃的安排食谱,注意事项和医生建议我都写在这个笔记本里了。"傅乔将一本黑色封皮很厚的笔记本交给田思乐。

田思乐接过:"好的,傅先生。"

"叫我傅乔就好。"傅乔纠正。

田思乐没有接话,暂时她还叫不出口,不过不违逆雇主,这是职场首要原则。

于是她礼貌地回应了一句:"好的。"

傅乔又带田思乐去了厨房,不过,厨房里的满地狼藉让两个人都吓了一跳。

只见厨房的地上碎了一堆碗碟,而一个四十多岁的阿姨正在收拾。

"陈姨,是太太来了吗?"傅乔不动声色地问。

那帮佣的陈姨看起来眉清目秀很能干的样子,见了傅乔点点头:"傅先生，太太刚走，发了很大的脾气。"她看了眼傅乔身后的田思乐，犹豫了一下还是说了出来。

"没关系，陈姨，这位是田小姐，以后是这里的管家，会负责景先生的一日三餐。思乐，这位是陈姨，不过她不住在这里，只是白天做打扫工作。"

田思乐同阿姨问了好。虽然她心里有疑问，但也不敢随意发问。她不知道傅乔口中的"太太"是谁，但看来对方脾气一定不好。

离开厨房的时候，她不免又回头看了眼那一地的狼藉，好心疼那些名贵的餐具啊。

傅乔带田思乐走上二楼。

"走廊尽头的房间是景沐的练舞房。平时如果你找不到人，他基本就在那里。"

"嗯。"田思乐好奇地看了眼那在走廊最深处的门。

"这间是景沐的卧室。"傅乔说着伸手敲了敲门，却没有得到景沐的回应。

傅乔像是习以为常，自顾自打开门走了进去。

田思乐一时不知道该不该走进去，别人的卧室随便进去总不太好。

于是她在门口停留了一下，就听到傅乔的声音："田小姐，你进

来吧。"

田思乐进门的第一眼,就看到背对着她躺在床上的景沐。他正打着点滴,她猜那是营养液。

这样躺着的他看起来好像更瘦了,裹在蓝色床被里的身子就那么小小一团,莫名地让人有点难过。

"景沐想和你单独谈一下,我先出去。"傅乔做了个请她坐下的手势,随后便带上门离开了。

房间里很安静,空气里有一股很淡又很清新的气味,和车上的冷香一致。

田思乐这才发现窗开得很大,外面的风吹进来,黄昏的光晕透过半掩的窗帘照射进来,有种柔和的美感,这让她放松不少。

景沐慢慢地起身,靠坐在床上。他穿着一身白色休闲的衣物,头发可能因为刚才睡着的缘故,垂散下来,发质异常好,头发遮去了他大半的眉骨,看起来有点可爱。

景沐看着田思乐,眼前的女孩穿着一身白色的T恤和牛仔裤,简单清爽,腰上还系了一块深棕色的围裙,长发扎成一束马尾。

她圆圆的脸蛋像是有阳光的味道,她出现在这个房子,让这房子似乎不那么冰冷了。

其实田思乐的长相很清秀,胖胖的,还有一点可爱,不过她现在看上去有一点局促，景沐喜欢她脸上红扑扑的健康颜色。

"思乐，不好意思，让你看到糟糕的样子，今天我的情况不太好。"

"不会，你不舒服的话好好休息。"田思乐一点都没觉得景沐的样子难看，不过她心里是有一点难过。她还是喜欢野营时的景沐，而不是现在这个苍白死气沉沉的景沐。

景沐动了动像是想坐得更直一些，田思乐就不由自主地过去扶他。因为扶着景沐，她不小心碰到了他那只没有打点滴的手，手指修长柔韧，但很冰凉。

他冰冷的手指和她温暖的手心触在一起，令她忍不住打个寒噤。

田思乐听到景沐轻沉的声音："今天我没什么胃口，晚餐就不用做了，你自己想吃什么做你的那份就好。"

他的话让田思乐有些担心，但她不想他为难，轻声应道："好的，我知道了。"

她忍不住补充一句："如果你有想吃的，可以随时叫我。"虽然心里也知道他未必会对食物有什么兴趣。

"谢谢你。"她的好意他接收到了。

田思乐感觉心上一暖，又一次觉得景沐真的是一个非常暖的男人，虽然他的外表看起来冷若冰霜，可内心却是这样体贴善意。

"田思乐。"他清澈的嗓音唤出她的名字。

田思乐莫名有点脸红,但她还是假装镇定,做出严肃正经的样子。

景沐望着她局促的样子,心情似乎好了一点,微微一笑:"虽然你今天不用给我做饭,但可以和我谈谈食物。"

"谈食物?"田思乐怔了一下。

"对,既然以后都要拜托你照顾我,我想把我的喜好告诉你,也想了解你的喜好,你喜欢做的食物。"景沐嘴角微翘。他的眼睛很大,眼角凤尾轻轻地上挑,魅惑人心。

田思乐又一次赞叹景沐长得真好看,乌黑清亮的眸子如黑色的玛瑙,十分灵动。

"傅先生给了我一个笔记本,他说你的喜好都记录在上面了。"

"你要记那些的话就像考试背书一样,和我交谈比较容易吧。"他迷人地轻轻一笑。

田思乐觉得这谈公事的对象也太让人舒服了。

她振作精神,让自己清醒一点:"那你请说。"

景沐被她逗笑了,嘴角扬起。

她再度觉得他的笑容那么耀眼、那么明亮,带着浓浓的少年气,一点都不似他外表给人的冰冷。

"我不太喜欢吃甜食,比较偏爱咸的东西,爱吃面食。只是因为控制体重的缘故,通常淀粉类的食物很少摄入,就很少有机会吃到。"他似乎在怀念什么,语声里有些惆怅。

"嗯,你说过的,阳春面。"田思乐真的拿出笔记本,像个学生上课记笔记那样仔细地记下,真的很可爱。

日光照在她脸上,白皙的肌肤、细微的绒毛都分外清晰,她的琼鼻小巧,眼神清澈。

"你爱吃麻辣烫、火锅,除此之外还爱吃什么?"他轻声问她。

"螃蟹。"田思乐记着笔记,下意识地回应,等她说完瞪大眼睛看着景沐,就见他嘴唇微翘。

"原来你还喜欢吃螃蟹啊。"

"嗯,是呀,我喜欢吃肉多的螃蟹。"她不好意思地摸摸鼻子。

与他视线相触,田思乐心一跳,赶忙别开了眼。

"鲜的东西确实很诱人,蟹肉有股清甜的鲜。"景沐接了她的话。

"我情况糟糕的时候,很难吃下东西。如果我对你做的食物有反应,希望你不要介意,那一定不是你做的菜不好吃,而是因为我的病,请你记住这一点。"景沐轻声说。

田思乐心里一阵波动,升起淡淡的暖意。

"没关系的,我理解,你也不要勉强自己。"她的声音不由自主地温柔起来。

"你不要有太大压力,随意就好。"景沐深幽的眼睛望着她,微微

一笑。

　　田思乐脸一红,轻声说:"我会尽力的。"她说不来花哨的话,只是很想为他努力,希望她有表达出这一点。

　　她不敢多看他的脸,他的五官太出色了,高挺的鼻梁,俊逸的眉峰,眼睛深邃得像混血儿。他气质高贵清冷,又有种莫名的温柔,举手投足充满了"优美"二字,那或许是身为舞者长年累月所练出的气质。

　　他拔了针管起身,脚尖很自然地垂直,优雅地穿鞋,田思乐再一次想,他和自己真不像是一个世界的人,他就像童话里的小王子。

♥ 第五章 ♥ ♥
暗藏的秘密 疯狂的母亲

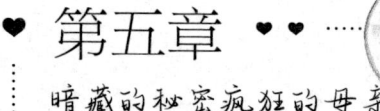

田思乐在搜索引擎里输入了景沐的名字，马上出来他的信息：

景沐，青年舞蹈艺术家，毕业于江城艺术大学，国家一级舞蹈演员。现任江城歌舞团副总监。2010年获得第十六届莲花杯舞蹈金奖。2012年美国洛杉矶罗蒙特艺术大赛一等奖。2015年获得锦绣杯古典舞金奖。2017年获得云屏赛古典舞独舞金奖。

代表作：《朝辉》《日月倾城》《盛唐美乐》《武魂》《追忆者》《渔歌采薇》。

田思乐看得目瞪口呆，即便她一点都不了解舞蹈，也被这一连串的大奖震呆了。

她点击链接打开一段舞蹈视频，古典韵味的筝声响起。

景沐出现在屏幕上，他身着一袭广袖青衫，翩然的身姿如同踏月谪仙，随着那优美的古韵曲调翩翩起舞。

他的舞姿间或灵动与力量，柔美时比女子更甚，有力的跳跃却又那样不可方物。舞裙绮丽明艳，长长的水袖下露出一张芙蓉面，三分轻狂七分倾国，真正让人体会到一舞倾城。

田思乐看到失语，过了好久才恍然这个人是景沐。

那个在屏幕里跳舞的景沐,和她认识的景沐,好似不同的人。

原来他舞蹈时是这样迷人狂热,原来他不是清冷的,不是易碎的,而是那样坚韧有力的一名舞者。

田思乐想起景沐现在的样子,终是明白傅乔在说到要让景沐恢复时的那股意难平了。

这样一个人,若消失在舞台上,对谁都是损失。

他生来就该在舞台上发光的。

这是田思乐在别墅里度过的第一夜,屋子里很暖,但她睡得并不安稳,她在睡前阅读了傅乔交给她的那本笔记。

那里面写得很详细,还有很多医生交代的事情,景沐目前只能吃半流食,还隐晦地建议她最好能选择让人心情愉悦的食物。医生一再重申病人的心情很重要,要注意病人的情绪。

田思乐不得不想到景沐的厌食症,或许除了生理上的,心理上也有很大的原因。

田思乐轻轻叹了口气,在床上翻个身,思考着明天早上的菜单,直到一声女人的尖叫把她吓了一跳。

午夜惊魂?别墅闹鬼?

她下了床掩紧自己的睡衣,打开房间的门,想要查看一下发生了什

"这是……"景沐看着那碗分量很少的汤面。

"野营时你说过喜欢吃面,我就试着做了一小碗。这个是素面,汤是鸡汤,鸡肉用清酒洗过好几遍,然后直接上箱蒸出汤汁,所以汤色澄澈,毫不油腻,你不用担心。"

田思乐注意着景沐的神色,看他并不反感,她有些期待地看他拿起筷子。

"真的一点不油腻。"景沐觉得田思乐神奇极了,是怎样一双巧手,可以熬出这样纯澈透明的鸡汤。

"不是熬,是蒸的做法。"田思乐纠正他的说辞,"用熬的话,汤水不会这样透明。"

"嗯。"

他傻傻回应的样子令田思乐忍俊不禁,知道这个人一定什么都没弄清楚,只是出于礼貌回应她而已。

田思乐做的这碗面卖相很好,面条细滑,汤水澄澈,凑近时,香气扑鼻。

景沐轻轻夹起一小筷面条送入口中,他慢慢咀嚼着,再咽下,那味道有点似曾相识,让他想起小时候和母亲相依为命,还很穷的时候,母亲带他在路边摊吃过的面条。

在他的记忆里,简单的一碗素面,却比任何东西都香。

带着这种触动记忆的感动和怀念,他又吃了第二口,第三口……

然而,下一刻他就捂住嘴。

田思乐见他剧烈地咳嗽起来,她吓了一跳。她刚想要做些什么,就见他跑入洗手间,下一刻干呕的声音便传出来。

田思乐心里很难过,不安地想自己是不是做错了什么。

那碗面有问题吗?还是她终究是太着急了,不该让他吃这个?

冲水的声音响了很久,景沐才从洗手间走出来。

田思乐在看到他的脸色更苍白了,心里的内疚更深了。

"景沐,对不起,我……"

他在她对面坐下,冲她摇了摇头。

田思乐看他有些忧郁的样子,听到他磁性的声音:"不是你的问题,是我不好。我面对任何食物很容易就会干呕,只是这段日子缓减了一些,没在你面前发生过,对不起,吓到你了。"

田思乐的心像被针戳了一下。

他在安慰她,到这个时候了他还想着别人,他的内心其实温柔又细腻。就跟他那天在大街上帮助素不相识的她一样,这样润物细无声的温柔。

"景沐,不要说对不起,这不是你的错。你放心,我不会难过,一定会好起来的,总有一天你不会对食物难受,而能充分享受到美食,你的病一定会治好。"她一脸的郑重和认真。

她的神情让景沐的心里再度漾起奇妙的涟漪,窗外明明下着倾盆大雨,他的心却很静很静,被一份轻柔的温暖所包围。

他忽然意识到,这一刻他面对自己的病,不是负担,不是自责,而是感受到这样温暖宁静的扶持。

这个女孩,是在纯粹地为他担心,想他好起来。

他嘴角微扬,看着田思乐的眼睛。

"思乐,谢谢你。"

景沐觉得这个夜晚很温暖,外面下着雨,而田思乐坐在他身边。他的晚餐虽然结束了,可田思乐正在认真地吃面。热乎乎的香气,氤氲在景沐鼻间,他的心恬淡又安逸。

电视机调到了文艺频道,放着舞蹈。

他忽然听到田思乐的声音:"景沐,你是不是也跳这样的舞?"

听她这样说,景沐的注意力才从她身上转到电视上。

荧幕里是一个年轻的男人,穿着流云广袖,白色古典的舞袍,而他身边一众的女舞者,和他同样裙带飘飘。

"嗯,他叫秦峥,是很优秀的舞者。"景沐轻轻说。

他知道秦峥,也知道秦峥和自己是什么关系。毕竟,他的母亲多年来一直在他耳边,如同诅咒般提到这个人的一切。

"好厉害，你看他那个下腰，真的好有古韵啊！还有他们的妆面，很像戏曲人物呢。"田思乐好奇地看着荧幕里那个男子。

"这叫作'身韵'，脱胎于戏曲身段和中华武术，把它们融于古典舞中。"

"难怪。"田思乐轻声应着，不由自主地想到那天在电脑上看到景沐跳舞的样子，那可真如仙子。

田思乐也不知道到底谁更厉害，可她心里最是难忘景沐带给她的惊艳。

"啊，这个我看过。"音乐变换，转到下一个节目，田思乐开心地叫起来，"《丽人行》，对，《丽人行》。这些姑娘都跳得好美啊。"

景沐被她呆萌的模样逗笑，忍不住问："你在哪儿看的，印象这么深？"

"那可是超棒的体验，去旅行的时候在大雁塔前面，一群姑娘就跳着《丽人行》。"

看着田思乐鲜活地描述着，景沐笑起来。

"真的好羡慕你们跳舞的人呀，一个个都那么苗条轻盈，做什么动作都优美，气质也特别好。"田思乐有感而发，看了一眼自己的小胖手，肉乎乎的。

景沐想说什么，又听到她爽朗的声音："台上一分钟，台下十年功。要达成这样的成果，付出的努力和汗水只有自己知道。我还是满足于

自己普通人的身份。"

景沐好喜欢她这样乐天的性格,和她在一起,那些阴霾好像都飘散了。

他澄澈温柔的视线落在田思乐脸上,田思乐的视线与他相触,两个人都感到瞬间的屏息和羞涩,不由自主地别开脸。

尴尬的气氛里,田思乐的手机响了。

她连忙接起。

一通电话结束后,田思乐才觉得自己脸上的热度散了一些。她偷眼看景沐,发觉他神色如常,安静俊秀地坐在那里,真是做什么都好看的一个人。

"是视频网站美玲姐的电话。"田思乐想要找个话题,呵呵笑着对景沐开口。

"嗯。"

他的声音富有磁性,让田思乐感觉脸颊又有些莫名发热。

她抛去这些莫名其妙的情绪,把注意力转到话题上:"一直和我联络的美玲姐,是美食版块的副组长,和我说周六做直播的事。"

"我看过你的直播。"景沐轻轻一笑,像是想到了什么有趣的事。

田思乐因为回避他,所以并没有受这个笑容影响。

她对景沐说起视频网站的事:"我和网站签约,按照合约一周更新两则吃播视频，一个月做一次直播。比起直播，我更喜欢剪辑日常的吃播视频。毕竟自己日常录制剪辑的时候很自然从容，但直播的话会紧张，也有点尴尬。"她轻轻吐舌。

"我都喜欢看。"

景沐轻柔的嗓音，让田思乐心头怦然一跳。

他又说："我记得上个月你直播的时候，吃的是剁椒蒸鸡和花甲炒饭。"

"你记得真清楚！"

田思乐不免惊讶，第一次意识到景沐还真是自己的忠实观众呀。这让她脸颊发烫。

接触到景沐的笑容，田思乐的心也跟着轻快起来。

她红着脸端起碗喝了一口鸡汤，发觉自己喜欢和他一起坐在小餐馆里的感觉。

周六上午，田思乐在打扫屋子。本来打扫的工作是由陈姨做的，但这个周末陈姨请了假，她便自告奋勇地接了过来。

她在手机里问过陈姨之后上了二楼。

走廊尽头的白色房门在日光里看起来有几分朦胧，让田思乐不着边际地想到中世纪古堡那些神秘的房间。

因这会儿景沐和傅乔外出,所以家里只有她一个人,安静得过分了。

田思乐带着某种探秘和说不清的紧张心情,打开了舞蹈室的门。

这是田思乐第一次进到这个房间,进入之后,她发觉里面真是别有洞天。

这间舞蹈室好大,比这栋别墅里的任何一个房间都要大,木质的地板光滑可鉴。

其中一堵墙壁上镶着一整面墙的大镜子,田思乐的身影清晰地映在镜子里。她看到身后另一侧墙面上还有一排木质的扶手。

舞蹈室里一共有三扇巨大的落地窗,白色的窗帘现下全部拉上了,窗也闭合着,给人一种莫名窒息的感觉。

不知为什么,田思乐进到这里就觉得很压抑。她觉得这间舞蹈室的风格,和景沐的房间截然不同。

在一个角落里,她看到了一个电子秤。

看到这个电子秤的时候,田思乐的心口倏然一抽,那份透不过气的感觉更加强烈。

景沐在这里随时随地都要称重吗?一个人对自己的体重严苛到这个地步,他到底为什么会患上厌食症?是因为一直在严格控制自己的体重,强迫自己少吃,甚至不吃?到最后发展到了这样的地步吗?

"景沐,别以为你病了,我就会对你有什么仁慈之心,不能跳舞的你对我而言就是个废物。我方泠珊不需要这样的儿子,你想让我看着那对父子得意,你就是要杀了我!好,如果你执意如此,那我就死给你看!"

那天夜里那个女人疯狂的言语倏然又回荡在田思乐的脑海里。

田思乐跑到窗口,"砰"的一声打开了落地窗。

当狂风吹起窗帘的时候,她慢慢呼出一口气,在心里默念了一个名字:"景沐。"

楼下传来门铃的声响,田思乐跑出舞蹈室,从可视门禁里看到了一个陌生的美丽女人。

"你好。"她怔怔地开口。

"景沐在家吗?"美丽女人在听到田思乐的声音后,挑了下眉。

田思乐看着这个美得充满侵略性的女人,一个突兀的念头忽然闯进她心里——

这是谁?

该不会是景沐的女朋友吧?

"景先生不在家,他出门了。"忽然闪现的念头让她的声音有些磕绊。

美丽女人秀眉轻蹙:"你开一下门,我给他打个电话,在家里等他。"

田思乐轻咬嘴唇,有点犹豫该不该开门。

按说不该给陌生人开门,让陌生人进到主人不在的家。

可这女人看起来不像说谎，万一她真是景沐重要的朋友，甚至是女朋友，那不开门岂不是很失礼？

田思乐犹豫了一会儿后，还是开了门。

女人踩着一双白色的细高跟鞋走了进来。

田思乐觉得那双鞋大概有十厘米吧，总之对方走到她面前，个头绝对超过一米七了。而一米六的她，在对方面前显得很矮小。

美丽女人穿着一件湖蓝色的短风衣，内着优雅的白色短裙，她的面容精美艳丽，红唇上涂着烈焰一样的唇膏，让她看起来更加傲人夺目。

"你好，请坐。"田思乐被她盯得有点不自在。

"你是谁？我没见过你。"美丽女人开口了，她清冷的声音和她的气质一样，有种高不可攀的傲慢。

"我……我是景先生的管家，负责景先生的三餐。"

"管家？"美丽女人挑了下眉，上下盯着田思乐看了一阵。

田思乐的视线落到她那双洁白如玉的手上面，发觉她的手非常好看，十指修长。

"给我一杯白水，要温的，不烫，不冷。"美丽女人淡淡地说，然后拿出手机，似乎准备给景沐打电话了。

田思乐在心里暗想，不烫，不冷？好吧。

第九章

爱慕他的古筝演奏家

　　景沐接到秦茉的电话时有些意外，秦茉在说些什么他没太在意，他只是简单地对她说："我在外面，赶不回来，你不用等了，音乐会的票你交给田小姐就好。"

　　他称呼她为田小姐？

　　秦茉本来就不喜欢景沐家里忽然出现一个女生，听到景沐有礼的称呼之后，更加觉得这个新来的"管家"碍眼。

　　她挂断电话，一双锐眼盯着田思乐看了片刻。

　　田思乐被秦茉看得很别扭，也不知她是什么意思。

　　好在手机适时地响起，田思乐接通电话。

　　"喂。"

　　"思乐。"景沐温润的声音响起，令田思乐松弛了几分。

　　"秦小姐是我的朋友，她给我送音乐会的票，你替我收下就好。"他告诉田思乐。

　　"嗯，好的，景先生。"

　　"景沐。"他在手机那头纠正。

　　田思乐脸颊一热，那两个字徘徊在心口始终吐不出来。

她跟景沐两个人相处的时候可以很自在，可在这位陌生的秦小姐面前叫他景沐，总觉得好像过分亲密了。

于是她傻傻地"嗯"了声。

景沐轻轻地说："思乐，我不在家的时候，你就是暂代的主人。请守护好我的房子，别让秦小姐乱闯我的房间。她并不是我很熟的朋友，如果她有让你不快或者失礼的地方，你可以行使主人的权利。"

田思乐讶然地抬眉，未想到景沐能够说出这样一番话来。但她的心莫名安定下来是怎么回事？

原本她一是担心这位小姐跟景沐不熟，那么她私自让人进来景沐会不高兴；二是又怕这个人真是景沐的女朋友，怕做错什么。

现在知道两人的关系，让田思乐心口有股自己都说不清的松弛。

"好的，我知道了。"她轻声回应景沐。

挂了电话，看见秦茉还在冷冷盯着自己，田思乐有礼地开口："秦小姐，景先生和我说过了，音乐会的票你可以交给我。"

秦茉皱眉道："他还特意打电话和你交代这件事？你什么时候开始给景沐工作的，做了多久了？"

田思乐不喜欢她这样咄咄逼人的口吻："秦小姐，我刚来工作不久。"

"景沐的房间是在二楼对吧？"秦茉眼里根本没有田思乐，她若有

所思,想要往二楼走。

见秦茉这样,田思乐觉得不能再太过礼貌了。

她拦住秦茉:"秦小姐,景先生刚刚吩咐过了,说你留下票就可以离开了,他不喜欢有人乱闯他的房子。"

这话直刺秦茉心口,一双凤眸越发犀利起来:"你在用什么语气同我讲话?"

"以主人不在家时,守护房子的管家的口吻。这里是景先生的家,而他现在不在。主人不在的房间,没得到允许,怎么能让陌生人进去?"田思乐也不让步,十分不喜欢这女人傲慢的口吻——凭啥别人就低她一等呢?

田思乐和景沐相处的时候就从来不会有这种感觉,幸而这个秦小姐不是景沐的女朋友,否则连带对景沐的印象她都觉得会降分呢。

"我会把你的无礼告诉景沐。"秦茉傲娇地抬眉,红唇抿紧,把不快写在脸上。

田思乐欠了欠身,做了个请的手势,让她离开。

踩着高跟鞋离去,秦茉的背影和步伐都彰显了她的不满。

秦茉走后,田思乐感觉空气里秦茉留下的香水气太刺鼻了,忙喷了空气清新剂,让清新的柠檬气味盖过那香水的味道。

她将秦茉留下的音乐会门票摆在了景沐一眼就能看到的位置。

音乐会的票印刷得十分精美，那上面有秦茉正面的大幅人像，她抱着一台看起来非常华贵的古筝，静立的样子像个女神。

如果田思乐方才没有跟秦茉相处那一遭的话，一定会觉得这是个让人艳羡的完美女人。

可惜秦茉的脾气实在叫人难以招架。

她看到票面上古韵的艺术字体写着"秋日与朋友们的聚会，诗与筝，著名古筝演奏家秦茉独奏音乐会"的字样。

原来秦茉是一位古筝演奏家。

夜幕降临，景沐还没有回来。他早就给田思乐发过信息，说不回来吃晚餐，让她不用为他准备。

田思乐吃过晚饭，开启了第一天外出锻炼的模式。

她自己都觉得不可思议，过去几年间从未想过要锻炼减肥的她，破天荒地有想要塑造一下形体的念头。

可能她吃得真的太多了，也可能是跟景沐相处久了，看着对方修长苗条，令她在照镜子时，觉得自己越来越胖了。

田思乐发觉自己想要锻炼的念头是前所未有的强烈，大概看久了美好的东西，自己也十分向往吧。

实际田思乐并没有到胖子的地步，她只是一个比较丰满的姑娘。圆

圆的脸蛋丰腴玉润，还蛮讨人喜欢的。

她外出锻炼的时候，才发现这个高档的别墅住宅区，夜间散步慢走的大有人在。

虽然大多数是上了年纪的长者，可看见田思乐的时候多半笑眯眯地对她点点头打招呼。

田思乐心里对有钱人的认知又有些不同，觉得并非都是像秦茉那样冷若冰霜趾高气扬的样子，也有很多和善的人。

她被一只金毛的哈士奇迷住了，那只大狗似乎也很喜欢她，甩着尾巴围着她转了好几圈，直到它的主人，一位满头白发却精神矍铄的老爷爷凑过来。

他笑眯眯地说："汤包很喜欢你。"

"汤包？原来你叫汤包啊。"田思乐被哈士奇接地气的名字逗笑了，忍不住摸了摸它漂亮的毛，"你这名字很容易让人听饿呀。汤包，鲜美又多汁，嗯，好吃好吃。"

"哈哈，小姑娘，看样子你很爱吃。"老爷爷被她无心之语逗乐了。

"是的，爷爷。"田思乐老实地回答，有一丝羞赧，摸了摸自己脸颊上的肉。

"现在是出来锻炼？"

"嗯，今天才第一天。"

"就慢走？"

"是呀。我跑步不行，上学时跑八百米都像要我的命，就只能慢走了。"田思乐坦白自己"体育小白"的事实。

"你这丫头讲话真逗。"老爷爷的笑点似乎很奇特，田思乐没觉得有哪里好笑，不过他感到开心总是好事，老人家就该多笑笑。

"爷爷您也是出来锻炼吗？"

"老人家我嘛，每天晚饭后带着汤包遛一圈，不然它待不住。"

"汤包几岁了？它真的好漂亮呀。"田思乐看着它柔顺的金毛，忍不住又揉揉汤包的狗头。

"五岁了。"老爷爷摸摸汤包，这时汤包发出"嗷呜"一声回应，仿佛听得懂人话。

"汤包，你喜欢吃什么呀？下次姐姐给你带点好吃的。"田思乐见它那么可爱，就下意识地想要喂它。

老爷爷又被她逗笑，目光若有所思地望着她："小姑娘，别喂了，汤包已经超重喽。"

田思乐面上羞赧，尴尬地笑起来，总觉得老爷爷的话别有深意。

这时候汤包抖了抖身子，一副要继续前行的模样，老爷爷便跟田思乐告别了。

田思乐望着他们走远，才继续自己的夜间慢走行程。

"思乐。"拐角处有个熟悉的声音叫住她。

田思乐回头,惊喜地看到一道修长的身影朝自己走过来。

"景沐。"她开心地朝他跑过去,带着自己都不知道的满面笑容。

"傅先生怎么把你扔在这儿,这里离家里还有很长一段距离呀。"她担心景沐的身体吃不消,毕竟他今天一天都在外面,不知道有没有吃什么东西,要是没吃……

"别担心,是我自己要下来走走的,我让傅乔把我放在花园前。倒是你,怎么出来了?"

他亲切沉稳的声音好听极了,和他的人一样和煦温柔。

田思乐摸摸鼻子,眼睛弯弯地笑起来:"我在锻炼呢。我打算每天晚上都这样出来走几圈,嗯,消食锻炼。这里风景那么美,安保又好,不能辜负了这么好的地方呀。"

景沐轻轻一笑"嗯,这里有个大花园,晚间来锻炼的老人会比较多。"

"对对,刚刚我还碰到一个老爷爷,他有一只好漂亮的金毛哈士奇,名字还挺逗,叫汤包。"

田思乐没发现景沐在听到汤包的时候神情有些奇特,他嘴角上翘:"那一定很可爱。"

"是的,我忍不住摸了它好几下,它很温顺。"

景沐不知不觉就跟田思乐走在了一起，田思乐觉得傍晚的风都更加温柔了。

"景沐，你肚子饿吗？要不先回去休息吧，我还要走一会儿。"

"没事，我今天吃过晚餐。"

面对田思乐不是很信任的眼神，景沐微微一笑："晚餐吃了小半碗粥，下午还打过营养液，你可以放心了吗？"

听到他说输营养液的时候，她的心脏还是微微一悸，但田思乐什么也没说。

她嘴角翘起，看着景沐："那好，咱们再走一圈。你要不要听听我今晚的菜单？"

"洗耳恭听。"

"我做了虾肉馄饨，添加了紫菜、摊好的蛋丝，一碗好鲜的汤，我吃了十八个馄饨。还凉拌了酸辣藕片。"

"十八个？"景沐有些难以想象。

"嗯，十八个，好好吃，咬开来，满满的虾肉馅儿，汁水可以灌半个汤匙，哇，吸一口……"田思乐陶醉地眯起眼。

景沐看着她那张鲜活的脸红扑扑的，笑得眼睛如月牙般弯起来，整个人生动快活。

田思乐摸摸肚皮，嘿嘿一笑："所以现在要走上一走，我好像越来

越胖了。"

"你不胖,刚刚好。"

景沐又说了这样的话,令田思乐心田一荡。

可他自己那么纤瘦,作为一名出色的舞者,他应该见惯了那些美好窈窕的女孩子,居然还说她不胖,她真觉得他是个奇怪的人。

"景沐,你是不是也像唐朝人一样,审美标准是以胖为美啊?"

田思乐傻憨憨疑惑的声音,令景沐忍俊不禁。

他轻轻摇了摇头,深邃的眼睛望着她:"也不是,就觉得你这样健康的、肉嘟嘟的脸蛋,有种生动的美好。"

田思乐感觉自己的心脏似被狠狠一撞,一股说不清的情绪溢上来,令她思绪顿时一片空白,整个人似乎都沉溺在他温柔的语声里不能自拔。

夜深人静,田思乐戴着耳机,专注地看着笔记本电脑。

天籁般的女声从耳机里传出:

"春江潮水连海平,海上明月共潮生。滟滟随波千万里,何处春江无月明……"

随着这仙乐般的歌声,田思乐看到景沐修长婉约的身形在明月江水浮动的舞台上翩然而现。

这是舞剧《盛唐美乐》里的一个片段,田思乐宛如进到一个未知的世界，为艺术的美叹为观止。

画面中的景沐身着一袭唐时男子的白色襕袍，圆领窄袖的袍衫穿在他清瘦窈窕的身上，多了几分仙缈之气。

优美的《春江花月夜》古琴声，淙淙如流水，明月当空，一人清姿绰约，在月下绚烂而舞。

他舞得优美而有力度，当他迈开长腿凌空跳跃，舒展得如同飞鹤般轻盈。

田思乐很难描述那种感觉，只觉景沐仿佛是为这舞台而生，他的每一处细微动作都与音乐配合得完美无缺，游刃有余，仿佛他只轻轻动一根手指头，便勾动你心海的万千波澜。

那是一种激动、期待、莫名兴奋的幸福感，她眼睛不由自主地盯着景沐，盯着那个与江月融为一体的男人。

随着乐声高潮，他折腰而下，倒立而上，双腿成一字。更妙的是他舞衣的长袖配合他柔媚的腰肢霍然打开，他将那袖袍舞得惊若天人，应对着江月盈盈。

华丽的舞美倒影中，一人一月，袅袅之姿，浑然天成。

随着乐声停歇，江水绵延，舞台下爆发出震天的掌声，田思乐也情难自禁地在电脑前鼓起掌来。她觉得脸上湿滑，一抹之下竟不知何时已湿漉了一片。她讶然自己竟会被一支舞蹈打动到如此地步。

田思乐捧起脸颊,怔怔地着迷地看着那抹月下浅影消失在舞台上。

第二天,田思乐坐上公交车的时候刚早上七点半,今天她要去市中心办事,早就得到景沐的允许。她特意起得很早,很用心地为景沐准备好早餐。

田思乐想着景沐的早餐菜单,但愿他能喜欢。她用藕榨出汁水,和少许小米一起熬成了粥,再加了一两颗小冰糖,所以这个粥尝起来会有一点淡淡的清甜。

她将粥温在电饭煲里,依照景沐起床的时间应该刚刚好。

另外她还准备了萝卜泥和山药做成的浇汁沙拉,酸甜爽口的沙拉应该很能引起食欲。

田思乐不由得闭上眼睛,坐在车上祈祷,希望景沐至少能喝下一小碗粥。

到达市中心她要去的广告公司时,已经早上九点。她拿着材料走进去,她来这儿的目的是制作小餐馆的宣传单。

只是,田思乐万万没想到,这次迎接她的不是一直以来跟她沟通的小张,而是那个熟悉又让她心生厌恶的人。

"顾唯熙。"她叫着他的名字。

男人英俊的脸上带着像过去一样的笑容,眼睛深邃。

这张脸,曾叫她那么着迷,而现在,只叫她犯恶心。

"思乐,我知道你要找人制作你餐馆的广告,让我帮你。"顾唯熙的态度殷勤亲切。

田思乐太了解顾唯熙,只要他想,他就能演出任何样子,让所有人都中计。

但她已经不是以前的她了。

田思乐皱着眉:"顾唯熙,我不知道你想干什么。我已经和你说过,不想再看见你,你每一次出现,都很影响我的心情。"

"思乐,你一定要这么绝情吗?你还在恨我?"他声音涩然,深情地凝视她,"是,应该的,你该恨我。过去是我对不起你,我做错了,这些年我都在后悔,我后悔了三年,你相信吗?"

田思乐几乎要气笑了,他讲的这些话对她毫无意义。

"够了,这些事我提都不想提。现在我只希望,你和我能够装作不认识。"田思乐淡声说。

"思乐,你以前不是这样的。我们有过的那些美好时光你都忘记了吗?我想要找回来,思乐!"

真的听不懂人话,田思乐凝视着顾唯熙,深吸一口气,冷冷地开口:"顾唯熙,一定要我把话讲得那么难听吗?我对你没有感情了,是,过去我喜欢过你,但现在,你在我眼中什么都不是。

"过去我爱你的时候,看你什么都是好的,任何事你做起来都像是有光环加持一样。可是某一天,我清醒了。现在,你的一言一行,在我眼中都变得廉价。因为你,不再让我憧憬不再让我爱慕,我现在只能看到你的自私渺小,你听懂了吗?"

顾唯熙脸色发白,后退了一步。他不敢置信地看着田思乐,似乎不敢相信她会讲出这样一番话来。

"不要再出现在我面前。"田思乐说得简单干脆。

顾唯熙紧咬住唇,面容阴鸷。

田思乐看在眼里,觉得从没有一刻像现在这样把这个自私阴沉的男人看得这样清楚过。

他明明是这样善于伪装,可笑的是她过去还沉溺于他的温柔之下,觉得他亲切可爱。

田思乐,你真是眼瞎得厉害!她心中自我吐槽。

"思乐。"春霞在远处喊她。

田思乐挥了挥手,便彻底远离了顾唯熙。

午餐时分,春霞和田思乐才从广告公司出来。

"谁想到还有这么一出,顾唯熙真做得出来。"事情办好了,直爽的春霞开始肆无忌惮地吐槽。

"春霞，我以前是不是真的很蠢？"田思乐忽然有点郁闷。

"那是。那时候只要顾唯熙勾勾手指头，就是十驾马车都拉不回你。"春霞吐槽。

田思乐被好友的口吻逗笑："喂，给我点面子。"

"不过他以前确实比现在要顺眼，他长得那么俊，系里喜欢他的女孩都排成队了。你还追到人了，也不算丢人。以前大家都说他是美男雕像来的。可我今天看他，感觉很阴沉，让人不舒服。"

"是吧，我现在没滤镜了，也觉得自己当时眼瞎。"

"可能是被顾唯熙的温柔骗了吧。你这丫头，大学考到江城，他跟我们又是一个地方的，自然觉得亲切。而且他这人讲话斯斯文文，笑起来温柔亲切，能抵抗的没几个。"

田思乐想到从前，忽然叹口气。

春霞咬了口汉堡，鼓着嘴说："你别叹气了，渣男早点看清不是很好吗？总不至于嫁了他再后悔，那才真是亏大了。"

"我以前真的很喜欢很喜欢顾唯熙。"田思乐轻轻一笑，"那时候的喜欢是那么纯粹也盲目。在我眼里他的一切都很好，每一个细微的好事总被我放大好几倍。有时候想想也挺可怕的，只有跌了跤，摔了痛之后，才能真正看清一个人。"

"你现在不会这么傻了吧？"春霞被她说得心有余悸。

田思乐摇摇头:"我不知道,可是我害怕那样喜欢一个人。"

春霞回想起过去思乐经历的那段苦日子,心里也跟着黯然了几分。

"不过你现在能这么清醒,不容易啊。"春霞是个直性子,"老实说我刚刚看到顾唯熙的时候,心里悬着块石头,还真怕你又犯傻。你以前那么喜欢他,他现在事业有成了,瞧他那身穿着派头……同学聚会时也听说他是有头有脸的人物了……他老婆前两年车祸去世了,他现在想要和你重新来过,你要是服了软,他可真是称心如意。"

"我现在不会被骗了。"田思乐轻声说。

"哈哈,田思乐,行啊,你居然能这么说。"

"有了对比之后,他就更烂了啊。因为我看到真正好的人是怎样,所以不会被骗了。"田思乐亮晶晶的眼睛,看着春霞。

"对比,什么对比?"

"没什么啦,就是我也做了几年心理义工了,碰到过许多人,所以好的人是什么样子的,我比过去更加清醒了,就不会被骗了。"田思乐面颊一烫,急忙把浮现在脑海中的景沐抛开,含糊过去。

"这样才好。"春霞也彻底放心下来。

♥ 第十章 ♥♥
重逢,收看她的吃播

一个月后。

惊鸿舞蹈团的地理位置十分优越,坐落在江城市中心河畔。这一带都是具有古韵的西洋楼建筑群,车道延伸至大门,映入眼帘的便是一座白色圣洁的舞者雕像,充满了文化底蕴。

和隶属于市政府的江城歌舞团不一样,惊鸿舞蹈团是一个民间舞蹈组织,就像是一位更具个人特色的自由舞者,因此颇受年轻舞蹈艺术家们的青睐。

刚从美国回来的秦峥,在和事务经理翔子交流了下个月的演出安排后,发觉已到了饭点。

"叫上周珊珊他们一起去吃午饭,我请客。"秦峥心情不错,想着要和团员们增进感情。他们正在创作一出新舞剧,背景放在唐朝,进度不错,彼此之间的交流很有火花,大家都很有倾诉的欲望。

舞剧还没正式宣传,但已经收到不少表演的邀约。早上在院长室见父亲的时候,父亲少有地夸奖了他几句,这让秦峥心中的喜悦更甚。毕竟能获得严苛父亲的肯定,对他来说比任何事物都珍贵。

翔子一会儿就从舞蹈室跑回来:"峥哥,他们已经挑好了吃饭的地方，你叫晚了。"

秦峥有些疑惑，笑起来："喔，这群人什么时候转性了，平时叫吃饭个个都得了拖延症，我离开了几天就变脸了？"

翔子哈哈一笑："这个我知道，咱们这附近新开了一家小餐馆，弄得挺干净的，味道也特别好，珊珊他们吃了一次就爱上了，一个个嚷嚷着有在家里吃饭的感觉。"

"噢？这倒是稀奇了，能让他们爱吃可不简单啊。"

"就是啊，平时一个个严格管控体重的，居然老约那家饭馆。那餐馆叫'再田一碗'，名儿也有趣。"

"'再添一碗'？"秦峥笑起来，倒是起了个好名字。

"再田一碗，'田野'的'田'。那家老板叫田思乐，据说是个吃播网红，大概因为这个，生意才这么好吧。"

田思乐的名字倏然灌入耳朵的时候，秦峥震了一下。

"翔子，你说老板叫什么名字？"

"田——思——乐。"翔子不知秦峥所想，又大剌剌地念了一遍，他从口袋里掏出一张宣传单，"喏，你看看，我也正准备点餐呢，他们可以送外卖。"

秦峥看着那张宣传彩纸，那上面写着"再田一碗，给你在家吃饭的感觉"，还画着很可爱的卡通人物，所有的饭菜都是卡通画，"田思乐

吃播"那几个字样也用童趣的字体勾勒出来,还配了一张女孩在直播吃播的照片。

虽然只有一个侧脸,但秦峥心口倏然一撞,眼睛熠熠有神地盯着。

是她,真的是她!

"同学,这个给你。你……还是早点回家去吧,这么晚了不要在这里乱晃了,这条路晚上很危险。"

"大师傅叫我,他很凶的,我走了。"

久远的回忆又再脑海中播放,女孩清脆温柔的声音秦峥还记得那样清楚。

田思乐,田思乐。

秦峥按捺着心绪在心中重复着这个名字,拿起宣传单:"走,翔子,我们也去吃。"

"哈?"翔子目瞪口呆。

而秦峥一脸春风化雨的笑容。

今日特供——肉末茄子酱爆饭,杏鲍菇菌丝汤,餐后免费甜品酸奶蛋糕。

秦峥一进店门,就发觉店里满座。

而他的同事们看到他,忙挥手道:"老大。"

周珊珊他们坐了一桌,看到秦峥,一个个都瞪圆了眼。

秦峥和翔子勉强挤入他们,围坐成一桌。

"老大,你怎么也来了,是翔子给你介绍的?"

"你们都说好吃,我也馋了。"秦峥扬起笑容,然后忍不住四处打量。

"不仅东西好吃,老板娘还漂亮。"

周珊珊的无心一语,令秦峥心一跳。

"看,出来了!"

跟随着周珊珊的视线,秦峥也望了过去。

下一刻,他倏然失望地呆滞了一下,并不是那个女孩。

"这是老板娘?"他不死心地问。

"是啊,春霞老板娘。"周珊珊开心地挥手,"老板娘,我们这里的东西好了没?"

"快了,诸位再等一下,马上送上。"春霞爽朗地应和一声,又走进后厨。

"不是田思乐吗,那个吃播的女生?"秦峥愣愣地问。

"哦,田思乐也是,不过自开张到现在半个月,都没见过那个吃播女孩。春霞老板说,她好像要再过一段时间才会来,现在还有别的事。不过店里的甜品、馅料、腌菜,都是田思乐亲手做的。"

秦峥听了,也不知是失望还是笃定了一些。

午餐供应的套餐都是一样的,偶有点单也只是为了满足特殊情况的客人。

但这肉末茄子酱爆饭,让秦峥吃得唇齿留香,印象深刻。

"老大,没骗你吧,好不好吃?"翔子笑眯眯地看到秦峥把他那份饭吃光。

"就还真是家里的味道,没什么花哨的,但就是很好吃,说不出的感觉。"秦峥也被自己扫光一碗饭吓一跳。

"这肉末茄子又鲜又嫩,还不油腻,一般烧茄子总裹着厚厚的一层油,咱们可受不了。"周珊珊表示赞同。

"菌丝汤才是真的绝。"翔子喝光了他的汤,还在扫着没有喝完的同事的。

"感觉是野生菌吧,鲜美无比,好开胃,十分清爽。"

"才开没几天生意就这么好,她选择定食还真是明智,要是每个人都点菜,一定忙不过来。"周珊珊环顾四周,"老板娘也会做生意,知道咱们是舞团的,每个人的分量都特意减少了些,但相对的还送我们餐后水果。"

店里面除了春霞还叫了一个利落的姑娘帮忙。

秦峥看到不远处的那桌有女孩子在拿手机拍照,正巧春霞给他们送汤过去,就听到那女孩脆生生地问:"春霞姐姐,思乐姐姐什么时候会来呀?"

"要再过一个月吧,等她那边忙完了以后就坐镇店里。不过你现在吃的肉末茄子酱爆饭,都是出自思乐的手哦。她早上来店里配了菜和调料。"

"原来思乐姐姐烧东西果真那么好吃。这个周末思乐姐直播,我得给她投币去。"女孩是思乐吃播忠实的观众,为思乐的好厨艺赞叹。

秦峥记在心上,暗想回家第一件事就是查找田思乐的吃播地址。

夕阳的颜色分外好看,田思乐抱着刚从邮局取回来的包裹,满面笑意。

迎面看到那个头发花白的老爷爷又在牵着汤包散步了。

"老爷爷,您今天好早呀,还没到晚饭时间呢。"田思乐有些讶然地迎过去。

老爷爷见她笑呵呵的,还跟个宝贝似的抱着一个大袋子,不由得问:"丫头,这是什么好东西?"

"我爸爸妈妈从老家寄来的。"田思乐很开心,"是我们老家晒干的青柚,泡茶喝非常好。对了,爷爷,等下我回去分装了,给您一些吧。"

"青柚?"老爷爷有些感兴趣的样子。

"嗯,用它泡水就跟柠檬片差不多。也可以做菜的佐料,总之很多

用处,特别开胃健食。"田思乐高兴,因为她已经想到很多用青柚搭配给景沐做饭的菜单了。

"我小时候可爱喝了,常常放两片青柚再加一勺蜂蜜,简直是让人爱不释手。蒸腊肉都要我妈放上一片。"

"看得出,你小时候就是个吃货了。"老爷爷哈哈一笑。

田思乐有点窘,摸摸鼻子:"所以我给您准备一袋吧,您搁家里,让您家烧饭的阿姨看情况做。"

田思乐心想,这位老爷爷怎么看都不可能是亲自动手做饭的人。

"如果你不嫌麻烦的话,可以给我写几个菜单一同送来,我老了胃口不如当年,还真想吃点新鲜的。"

"好的。"田思乐乖乖地点头,很乐意给这位老爷爷写菜谱。

"那爷爷,我要先回去了,我得准备晚餐。"

"丫头,你是在这里做事?"老爷爷听她的口吻,再看看她那袋来自家乡的包裹,"是不方便让你爸妈直接寄到别墅吗?跑邮局太远了。"

想着是否是她的雇主比较苛刻,他不由得皱了眉。

"不是的。"田思乐急忙摇头,"我给爸妈的联络地址是我一个好朋友的,因为她在江城的住址固定,所以寄到她那里比较好。之前我租房子总是换来换去的,怕爸妈担心,所以就告诉他们我和朋友一起住了。现在这边的主人很好,我只是不想麻烦他。"

老爷爷听了点点头:"那就好,如果有人欺负你告诉我,来爷爷家做事也行。"

田思乐也不知他是随便说的或是客气话,但对方的好意让她感动。

"谢谢爷爷。"

田思乐给景沐准备好晚餐后,便想去书房敲门让他吃饭。

景沐这个人什么都很好,但是对于按时吃饭这件事,他真的像没有概念的。

田思乐想要慢慢纠正他这个小缺点,一个月过去,她发现早餐的时间他是记得下来了,可是午餐和晚餐依旧不理想。

不过她暗暗觉得景沐的气色有些好转,毕竟在她每天绞尽脑汁地为他准备吃食后,虽然他的食量还是丁点,用田思乐老家的话来说小鸟啄食,但好歹也是在吃了。

田思乐记着他呕吐的次数,欣喜地发觉慢慢减少了。她私下跟傅乔沟通过,傅乔给了她比较好的消息,说医生也觉得景沐正在好转。

田思乐走到书房,敲了敲门,听到景沐说"进来"的声音后,她才安静地走进去。

"景沐,该吃晚饭了。"

他正背对她,拿着水壶在给书房里的一株绿植浇水。

他穿着一套亚麻色的宽松布衣,田思乐不懂那是什么材质,只觉得看上舒展柔软到极点。可能就是那种广告词里说的如接触婴儿肌肤的丝滑顺畅。

这样一套衣服穿在景沐身上,飘逸至极,他修长的身形如同谪仙,而现在晚风阵阵吹拂,吹起他的衣衫,勾勒出他健美的身材。一双修长的大腿简直如同艺术品,纤细的窄腰更是有种不盈一握的朦胧感。

田思乐真恨自己言语贫乏,他的美仿佛超越了性别,令人赞叹,却又让人不敢亵渎。

景沐放下水壶,转身走过来,和田思乐说:"一起?"

田思乐嘴角翘起:"不了,今天晚上我有直播。我就坐那儿看你吃吧,等下回房间直播的时候再吃。"

景沐稍稍一愣,随即露出一个淡淡的微笑。

他好甜啊,田思乐近距离观看美男,心有所悟。

田思乐手托着脸,十分期待地看着景沐进食,她是盼望他能多吃一点。

景沐忽然轻轻咳嗽了一声,好似呛到,田思乐急忙给他倒水。

景沐接过田思乐递来的水杯:"思乐,你这样看着我吃我会不好意思。"

他微微透粉的面颊流露出淡淡的羞涩，让田思乐觉得可爱透了。她自认这是一种类似于粉丝追星时的亲妈心理，一定是这样。她给自己雀跃的心跳找到理由，安定下来。

"好，好，那我不看你。景沐，你自己慢慢吃，我去准备我吃播的东西。"田思乐起身，突然想到什么又回头，"你吃完摆着就好，我等下会出来收拾。千万不要做什么，这是我的工作。"

田思乐想起之前景沐有自己洗碗的事，那还是她因为小餐馆的事外出，回来后他都整理好了。他这种善解人意的体谅行为，却让田思乐觉得自己工作没做好。

景沐似乎明白田思乐心里所想，他点了点头："等下我会去舞蹈室。"

"是要练舞吗？"田思乐眼睛一亮，有点开心。

"嗯，今天觉得状况比较好，想要试一试。"景沐回答她。

"加油！"田思乐朝他握起了小拳头。

景沐大大的凤眼弯起来，眼尾上挑，别有风情，令田思乐又是心神一震。

嗨，振作振作，是因为美色的缘故。田思乐听得到自己"怦怦"的心跳，感觉面颊有点烫，急忙回避似的走进厨房。

"大家好,这是田思乐的吃播。"田思乐对着电脑的摄像头,开始了她的直播。

"先给大家介绍一下我今天晚餐的菜单。"田思乐每介绍一样食物的时候,就把那盘菜端到摄像头前面,好让观众可以清晰地看到。

"这碗红彤彤的是什么呢?思乐牌四红粥,哈哈,其实是红豆粥啦,等下会给大家介绍详细的食材。然后这个呢,这是一碗葱油拌面。

"对了,弹幕里的小朋友你说对了,又是碳水配碳水,哈哈,碳水女王就是我!

"嗯,然后这盘是辣炒卷心菜,这个是洋葱西红柿烩牛肉。

"好啦,今天我的菜单就是这些。"

田思乐看到屏幕上有观众给她发弹幕,问她是不是要减肥。

"减肥吗?没有呀。"她读了一条弹幕,"思乐姐姐,你今天吃得好养生。"她笑眯眯地将粥举了举靠近镜头,"也没有呀,是指这个红豆粥吗?"

她继续介绍:"好的,今天我主推的是这碗粥啦,为什么叫四红粥呢?是因为粥里面有红豆、红皮花生、紫糯米和红枣,简称四红。

"这个粥很好煮,大家在家里也可以做。提前一晚把红豆先浸泡在冷水里,第二天早上就可以煮了。把这些食材跟米一起放进电饭煲,水的话依照你想要的粥的浓稠程度放就可以了。熬出来香喷喷的,对女孩子非常好哦。补血养气。"

田思乐笑起来，有点脸红："对了，提醒一句，如果是每个月被大姨妈困扰的女性朋友，吃这个尤其好。好啦，我先来一口。"

田思乐对着镜头舀了一勺满满当当的粥送入嘴中，她肉嘟嘟的脸颊鼓起来："嗯，真的很不错哟，又香又糯。如果你喜欢吃甜的，可以适当放一点冰糖。我这个是原味，没有放糖。红豆真的太好吃了。"

她情不自禁地又吃了两口，完全沉浸在热粥的美味里。

"比起甜的，我更爱吃咸的，所以现在我们来一口葱油拌面。哇，大家看到了吗？好多的葱，炸出来的香味简直了。"田思乐让镜头对着让人垂涎的葱油拌面。

一筷子面下肚，她感觉自己全部的味蕾都活跃起来。

"不要怕油，女孩子适当吃点油，皮肤会更光泽。"她笑眯眯地回应了弹幕里的网友。

"唰唰唰"的弹幕如瀑布一样划过：

"思乐，你吃东西好香啊，我好馋。"
"我的泡面已经就绪，一边吃，一边看思乐。"
"手里的辣条突然不香了。"
"思乐姐姐，这个会放进再田一碗的菜单吗？"

田思乐选择这条做了回复:"会呀,现在再田一碗刚刚起步,所以我们选择做定食套餐,等以后慢慢地会增加菜色。"

"思乐思乐,吃一口洋葱牛肉,那个太诱人了,我想吃!"

这条顽皮滑过的彩色弹幕让田思乐笑出声来,她点头:"好哟。"她夹起一筷洋葱牛肉,咀嚼起来。

"思乐姐姐,你用什么收音的?这个咀嚼音绝了!"

"田思乐田思乐,快吃面,我喜欢看你吃面,看你吃面太爽了!"

田思乐一边吃一边回复网友:"就是一般的话筒,说起来不太好意思,我的设备不是很好,以后有条件了给大家升级。"

"思乐姐姐,你搬家了吗?这个背景和之前不一样了,看上去好高级的样子。"

又一条弹幕划过,让田思乐微微惊讶,网友们观察细微到这个程度啊。

她喝完了红豆粥,将葱油拌面端到自己正前方,又香香地送入一口,忽略那个提问。

她下意识地想要保护景沐跟他的家,看样子下次要把镜头调整一下角度,不要照见房间里其他地方才好。

"思乐,你不怕胖吗?"

"在问我怕不怕发胖,会不会发胖的小朋友——"田思乐眯起眼睛笑起来,"我当然会发胖了,你们看我的脸。"她用手指戳了戳自己肉嘟嘟的脸颊,"是吧,都是肥肉。"

她接着说道:"不过最近是有想要锻炼的想法。也不是刻意去减肥,就是觉得既然我吃那么多,那运动也该多一些。所以现在我每天晚上都会出去慢走半小时,我觉得是不错的消食跟锻炼方法喔。"

又有人提出:"思乐姐姐,下次可不可以直播做菜呀?虽然你平时的视频有剪辑做菜的过程,可还是想看一次你直播烧菜哟。"

"这个现在可能有些不方便,以后有机会的话,会给大家直播做菜。"田思乐回复网友,又认真吃起来。

秦峥在电脑这边看得津津有味,那天他一回到家就找到了田思乐驻扎的吃播网站,并按时收看了她今晚的直播。

看着田思乐生动活泼的眉眼,他的心情也跟着飞扬起来。

她好像一点没变呢,还是他记忆里那个笑眼弯弯、亲切又可爱的女孩。

秦峥听到自己肚子叫的声音,果然这就是吃播的魅力吗?会让你也跟着饿起来,不,也可能是这个女孩特有的魅力。

秦峥再度看着田思乐埋头吃那一大盘葱油拌面,不时夹上一筷子卷心菜和牛肉,吃得一脸满足嘴唇泛油,他"扑哧"一声笑出来。

♥ **第十一章** ♥♥

舞房，他的眼泪

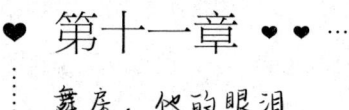

田思乐直播完，已经是晚上九点。她看了下时间，距离景沐说要练舞已经过去两个小时了。不知道他还在不在舞蹈室。

田思乐走出自己的房间，整个别墅里静悄悄的。

她先走到景沐的书房，敲了敲门，没有回应。接着，她打开书房的门，景沐并不在里面。

难道他还在练舞？

田思乐莫名有一丝担忧，她想了想，去厨房泡了杯温热的青柚茶，准备给景沐送去。

走上二楼，她一眼就看到走廊尽头那间半掩的舞蹈室里透出来的光。

那扇白色的门虚掩着，她轻轻地走过去，透过缝隙看到景沐背对着她。

他立在那里，一条腿抬高呈现九十度的绷直，修长的身影在柔光的映照下，如同幻影。

他的姿势是那样优美，她看到他手腕轻轻转动，十指在头顶划过一条美丽的弧线，接着他轻盈地跃起来。

田思乐难以形容那一瞬的惊艳和美丽，那让她想到了曾经看过的一

个画面,月夜森林里,一头美丽的白鹿,穿过月色飞跃而起。

但转瞬之间,她看到景沐重重地摔倒在地。

田思乐吓了一大跳,差点慌乱地叫出声,然而她捂住自己的嘴,不敢惊动里面的人,只怔怔看着那个保持跌落姿势,低垂着头一动不动坐在地上的男人。

她在担心他有没有摔痛,而他却像失了所有力气般,变成了一座毫无生气的雕像。

那样子的他让田思乐心中泛起一股酸涩。

光影落在他的侧脸上,那张脸上布满了汗水,苍白无比。

然后,田思乐看到从他眼角缓缓流下的泪水。

那晶莹的泪珠,仿佛滴在她心上,她只感觉自己的心脏猛地痉挛了一下。他在哭,而她也想跟着流泪。

她不知道自己是怎样走回房间的,回到房中,她背靠着房门坐下来,木然了好一会儿,才发觉脸上有些痒痒的感觉。她伸手一摸,触到了湿湿的液体。

田思乐怔怔地盯着自己湿润的手掌,眼前浮现的却还是景沐那张黯然神伤的脸。

江城已经步入晚秋,这几日晚上带着汤包散步的时候,顾席远都感到了寒意。他不禁暗思自己六十七岁的年纪，看来是真的老了，以前他可是从来不畏寒冬。

汤包今天也跟主人一样有些无精打采，所以当它看到迎面走来的熟悉身影时，汤包雀跃地跳了跳。顾席远一时都没牵住它，只得看着那只大狗甩着尾巴撒欢似的跑到田思乐面前。

抱着书的田思乐正在想心事，被倏然跑近的庞然大物汤包吓了一跳，随即才镇定下来。

"汤包，你好啊。"她轻轻摸了摸大狗的脑袋。

顾席远走过来再度牵住汤包，忍不住轻斥："你这个家伙，是不是比我这老头更喜欢小年轻啊。"

他带着玩笑的话语，让田思乐扫去轻愁，跟着轻轻一笑。

顾席远刚想说话，倏然间目光瞥到田思乐抱着的书——《厌食症饮食指南》。

顾席远的眸色变了变，不动声色地开口："丫头，你这是去了外面刚回来？"

"嗯，下午去市中心办事，顺便去了趟书店。"田思乐回答他。

顾席远看了她一眼："上次你送我的那包青柚，我回去泡着喝了，真的很不错。"

"您喜欢就好。"田思乐淡淡一笑。

"还有你给我写的那几个菜谱,我也让厨师照着做了,这星期老人家我的胃口好了不少。"顾席远笑呵呵地说。

"能帮上忙就好。"田思乐没有心机地回应。

她忽然想到景沐,如果景沐也能像这位爷爷这样胃口变好,该有多好,心里这样想着,她眉间不由得又染上一层轻愁。

顾席远察言观色,忽然说:"丫头,有没有时间去我那里坐一坐,老爷子我有回礼要给你。"

田思乐有一点犹豫:"这……不用了吧,爷爷您这样我会不好意思的。"

"不是什么贵重的东西,一点心意而已。你也别担心,我不是坏人,咱们这小区到处都是摄像头和保安,不然等下我请个保安站外面,等你出来了他再离开,这样你总放心了吧。"顾席远指了指他们身边的一个监控探头,笑呵呵地说。

"爷爷,我不是这个意思。"田思乐急忙说。

她可没觉得这位老爷爷是坏人,能住在这样的地方,谈吐举止又很谦和,她这样一个人,也没什么值得他骗的呀。

"我看你拿着厌食症方面的书,你家里有人生这个病吗?"顾席远开口说。

提到厌食症,田思乐脸上的忧色更浓了些"爷爷您了解这个病吗?"

"比常人了解一点吧。"顾席远眉梢一挑,若有所思地说,"因为我有个远房亲戚也曾得过这个病,为了他的事,我请教过很多专家。"

田思乐惊讶极了,忍不住问:"那他现在好了吗,您那位亲人?"

顾席远摇了摇头:"我上次听到他消息的时候,还不是什么好消息。"

田思乐也跟着低落下来:"是吧,这个病真的很难治。"

"走,到家里去,我也有这样的书,比你这个应该要好些。"顾席远指了指田思乐手上今天刚买的书。

田思乐点了点头。

顾席远还是请了位保安和他们同行,虽然田思乐一再说没关系的,不用这样,他却以长辈的口吻教育她说:"丫头,防人之心不可无。面对陌生人时,还是多留个心眼比较好。不仅对我,对其他人都要这样。因为你要记得,你碰到的不一定都是像你一样的好人。"

田思乐听着老爷爷如自己长辈一样训诫的话,虽然觉得有道理,但看一眼跟随他们的保安,还是觉得有点汗颜。

好在那位保安身着制服,目不斜视,尽职尽责。

田思乐第一次到顾席远家里,就被这精致华丽的内部装饰震撼了。

如果说景沐的家已经让她大开眼界的话,那顾席远家不折不扣就如

同电视上那些富豪财阀的豪门装饰了。

"爷爷,您家也太大了。"田思乐怔怔地说。

"我姓顾。"顾席远笑起来,对她介绍自己。

"顾爷爷。"

"丫头,你一口一个爷爷把我越叫越老了。不然叫我顾爸爸?"顾席远忽然笑眯眯地望着她。

田思乐怔了一下,一时有些叫不出口。

顾席远呵呵笑起来,转而道:"不然就叫顾先生吧,别叫爷爷了。"

"好。"田思乐虽然不明白他为何一再坚持,不过还是顺着他的要求做了,"顾先生。"

"素芬,上茶。"顾席远对家里的保姆说。

"是,先生。"那位被叫作素芬的中年女士,很有气质。

田思乐暗想有钱人家的保姆果然都是高素质的,看来景沐找她做管家,还真是开了很大的后门。

叫素芬的阿姨很快端来了两杯绿茶,田思乐看那茶叶根根分明立起,茶水清澈,很远就能闻到好闻的香气。

"顾爷……顾先生,您的亲人的厌食症也很严重吗?"

田思乐想到正事,她想要获得更多有关厌食症方面的经验,好更好地帮助景沐。不知为什么,昨夜他落寞神伤的脸,一直刻在她脑海里挥散不去。

"丫头，先别急，我还没问过你叫什么名字。"顾席远笑眯眯地看着她。

田思乐面颊一红，微赧道："我姓田，叫田思乐。"

"田思乐，乐不思蜀的思乐？"

田思乐点了点头。

"倒真是好名字，是个有福气的名字呢。"顾席远好似很满意。

"嗯，我也觉得爸妈给我起了个好名字。"

"你这丫头的性格我很喜欢，说话直爽，人又善良。"顾席远夸奖她。

田思乐被他说得有点不好意思，又听他道："素芬，去我书房把我那些书给田小姐拿过来。"

他指了指田思乐放在桌上的那本书。

素芬阿姨神色一凝，忍不住多打量了田思乐几眼，随即点了点头，悄无声息地退下。

"丫头，你上次说过你在这里工作对吗？"

"嗯，就跟素芬阿姨差不多。雇我的人是个好人，他是为了帮我才给我安排了这份工作。其实只需负责他的一日三餐，连打扫都有家政公司的阿姨来做。"田思乐轻声说，"患厌食症的就是我的雇主，所以我很想在三餐上对他有帮助，让他的病快点好。"

"你做了多久了？"

"快两个月了。"田思乐轻声说。

"那你工作以后，他的状况有好转吗？"顾席远问田思乐。

田思乐的神色染上轻愁："我也不知道，我本来以为他有好转了，可是昨天……看他的状况，我又觉得自己好像一点忙都没能帮上。"

她声音里的沮丧和失落，顾席远都听出来了。

"看得出，你是真心为你的雇主好。"他若有所思地说。

"他是个非常好的人，而且他非常需要健康的身体。"田思乐想到景沭，就不由自主地说。

顾席远听她这样说，脸上带着笑意，看她的目光也越发和颜悦色。

"你不会也给他煮了青柚套餐吧？"他打趣道。

田思乐不好意思地憨笑起来："那倒没有，不过青柚泡的茶他挺喜欢的，说很清爽。"

"确实，我也很喜欢。"顾席远点点头。

"那你煮的三餐他都吃吗？"顾席远又问田思乐。

田思乐看他问得认真，觉得这位顾先生很好心，便说："基本都吃，就算是一口两口，他都很努力地尝试。我知道，他也很想快点好起来。"

"能问一下你会煮些什么吗？"顾席远沉吟片刻后，问，"我这边也有几个菜单，给你参考参考。"

"早餐的话，我一般会给他准备热粥，加入一些山药汁、胡萝卜汁、藕汁熬进粥里，然后是一些容易消化，不伤肠壁的果蔬沙拉；中餐的话，口味会稍微重一些，鸡汤或是大骨汤；晚餐就清淡一些，还是以粥品为主。"

田思乐说完叹了口气："不过他偶尔还是会有呕吐的反应。"

顾席远点点头："你这个菜单我听了不错，你考虑得很多，就比如知道厌食症病人肠壁脆弱。不是光吃蔬菜，补充维生素就行了，还要考虑到它们对肠壁的损伤和刺激。丫头，看不出嘛，你倒像半个专家。"

田思乐摇摇头："我只是尽可能努力地多做一些功课，因为雇主他人真的很好。"

顾席远爽朗的笑声响起："思乐丫头，你都说了好几遍他人很好，你这是报恩的心态吗？"

田思乐面颊一红。

"不是啦。"她的声音小小的，不知为何，顾先生也没说什么，可她就觉得不好意思。

"好了，不逗你了，等下我把我知道的方子写给你。你这个心态很好，现在要找到像你这样这么认真地为雇主着想的员工也不容易了。"顾席远说得认真。

他这番话让田思乐更增了几分信心。

"我年轻时是经营酒店的。"顾席远忽然对田思乐说。

田思乐惊讶了一下,她知道顾席远所说的经营酒店,必然是大酒店,光看他家里豪奢气派的装修就能知道。

没承想这位老爷爷居然是这样一个能人,结果她每次散步还傻乎乎地跟他唠家常,还给人家写开胃菜单,她觉得自己有种在大神面前班门弄斧的羞窘感。

"丫头,以后如果你想要更系统地学一些菜系,我可以给你找老师。"顾席远对田思乐说。

"好的,谢谢爷爷。"她欢喜地脱口而出。

顾席远无可奈何道:"你还真喜欢叫我爷爷,好吧,爷爷就爷爷。"

田思乐赧然地笑起来。

景沐点燃了一盏灯,这是他从意大利市场买回来的仿古灯,模仿中世纪时的手提油灯。他从小就莫名喜欢这些有古老气息的东西。

灯壁被暖暖的橘红色火光映照着,他将灯搁在窗台上,望向窗外,外面已经天黑,除了幽静的路灯,什么都没有。

田思乐下午就出门办事了,和他说过会晚些回来。

景沐忽然觉得,原来这栋屋子缺少一个人的时候,太寂静清冷了。

耳边传来密码锁解锁的声音,景沐愣了一下回过头,眼里燃起的一点小喜悦还未来得及扩散，母亲的脸便映入眼底。

方泠珊踩着高跟鞋，将包包朝景沐直接扔过来。

景沐下意识地接住，就听到方泠珊一贯尖锐的声音："景沐，你给江云涛打了电话，明确地告诉他你不去参加甄选这件事，是真的吗？"

"是。"景沐看着她，看得见她眼里滔滔的怒火。

"你疯了！"方泠珊噔噔走过来，一巴掌狠狠掴在他脸上。

五指红印，倏然浮现在景沐的脸上。

"我试过了，我连一个简单的单幅跳跃都做不好。"景沐看着她，神色变得有些麻木。

"你每天练了多少小时？就说你做不好？做不好就给我练到做好为止！难不成你就想这样废掉？"

她尖刻刺耳的言语，让景沐心上一抽。她浓妆的脸，高挑细长的眉梢，让他感到窒息。

"我的腿没有力气。"他把事实讲给她听。

未料，方泠珊又甩来一巴掌。

忽然，她像疯了一样冲进厨房，将食物一股脑地砸在他面前，地上瞬间变得狼藉不堪。

然后，方泠珊一手掐住景沐的脖子："吃东西，我要看着你吃下去。吃下去就会有力气。"

景沐心脏深处有股痉挛到麻木的疼痛,他呆滞痛苦的思绪里只有一点庆幸,还好,还好田思乐不在这里。

他不想田思乐看到这样的自己。

"你真的是想让我死,想让我死!景沐,你是不是很恨我?看着我死你会很开心对吗?"方泠珊忽然疯了一样对着景沐又抓又打。

她一边哭一边喊叫:"我命为什么这么苦?这二十多年来唯一的希望也破灭了,现在你要我看着秦斌的儿子独占鳌头!让我看着他得意风光!景沐,你真的是要我死!"

她尖厉地哭诉:"我造了什么孽,这么多年来勤勤恳恳,飞来飞去谈生意,把最好的都给你!你怎么就这么不争气,这么废物!"

她越说越气,又狠狠地抽打景沐。

自始至终,景沐都没有反抗一下,只默默承受她的发泄。

他的脸被方泠珊抓破了,嘴角泛血,方泠珊却像看不见一样,依旧揪着他的头发,情绪失控地喊叫哭诉。

"别这样!"一声惊叫传过来。

景沐来不及回神,就感到一个暖暖的身体挡在自己面前。

他浑身一僵,意识到是田思乐回来了。

不,不要让她看到他这样不堪的样子。

他的思绪有片刻空白,而田思乐已经抓住方泠珊再度挥过来的手。

"你是谁？"方泠珊又惊又怒，瞪视着田思乐。

"请您住手。我是……傅先生雇的家政人员，替景先生做事的。"田思乐不敢回想自己方才看到的情景。

景沐满是伤痕的脸，让她觉得心如刀割。

方泠珊恢复了冷厉高傲："不过一个保姆，如果不想丢了你的工作，就立刻滚出去。"

方泠珊不屑的声音，却没让田思乐觉得难堪，她全副心思都在景沐的安危上。

"景沐，让她滚出去！"方泠珊盯着景沐，用命令的口吻道。

景沐不想让田思乐面对这样的局面："思乐，你先回自己房间。"

他放软了的温和声音，更让田思乐心口酸涩。

她依旧是伸展臂膀，一副拦在景沐面前的模样："我不会走，您再动用暴力的话，我会马上报警！"

"报警？"方泠珊几乎气笑了，"他是我儿子。"

"是，所以您正在家暴您的儿子。"田思乐没有一丝退却，义正词严地说。

方泠珊蓦然一怔，心中有一股她说不清的撕裂情绪。

她只想生气，这种发泄不出的情绪快要让她爆炸。

她挥手甩向田思乐。

田思乐闭上眼都准备挨这一下了,却倏然感觉有股力道将她拽到身后,"啪"的一声,是景沐挡在了她身前,替她挨了一下。

"一个用人竟敢对我颐指气使,还说要报警?景沐,马上辞了她,让她滚!"方泠珊厉色道。

田思乐心口一抽,说真的,她这会儿才有点后怕,这个女人看上去真的有病啊。

"妈,请您适可而止。"

景沐清冷的声音,让方泠珊怔了一下。随即她缓过神来,又一巴掌抽到景沐脸上:"你翅膀硬了,敢这样跟我说话?忘恩负义的东西,忘了当年我们母子俩是怎么苦过来的?"

她尖锐的声音带着哭腔,实在让人耳朵轰鸣。

"别再打他了,他生病了!"田思乐又惊又怒,真的完全无法理解一个母亲会这样对待自己的儿子。

"生什么病?怎么就不能吃东西了,装什么林黛玉?景沐,你还是不是个男人?"方泠珊厉声道。

"他生病,又不是他的错!"田思乐忍无可忍地喊起来。

方泠珊被她突然爆发的声音吼得一怔。

田思乐声音发颤:"他有厌食症,病得很厉害。厌食症怎么就不是病了,有多少人因为厌食症死掉的,你知道吗?著名歌星卡朋特就是死于厌食症。他病得这么厉害，您是他的母亲，不仅不关心儿子病得怎么样了、状态如何、现在能吃多少东西，居然还要这样逼迫他。我好像明白他为什么会患厌食症了，面对这样巨大的精神压力，有几个人会不出问题？"

田思乐讲到自己都想哭："您看到他瘦削的样子了吗？看到他吃什么都呕吐的模样吗？什么叫不严重，如果这还不严重还有什么严重？作为母亲，难道不应该关心他爱护他吗？您呢？反而这样折磨他辱骂他！"

田思乐豁出去了，把心中所想全都吼出来。

方泠珊僵住了，她森寒的目光钉在田思乐脸上。

田思乐勉强自己正视方泠珊要杀人的目光，心里也是乱成一团。

她不知道自己有没有做错事，是否该干涉景沐的家事。

可她说的，全都是她想说的话。

她是真的觉得景沐很可怜，也不希望他这样默默承受母亲的责难。

方泠珊冷然地盯了她好一会儿，然后拿起皮包，头也不回地走出去。

直到大门"砰"地关上，田思乐才后知后觉地脱力跌坐在地上。

"思乐。"景沐靠近她。

"景沐，对不起，我好像说了不该说的话。"

景沐摇了摇头，他幽邃的眼睛只是默然看着她。

看得田思乐心口一悸，仿佛被注入一汪泉水。

❤ 第十二章 ❤❤

心动与逃避

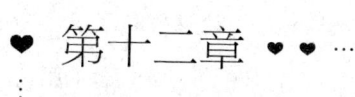

田思乐有点难以承受景沐澄澈深邃的眸光,她能听到自己心脏"扑通扑通"的声音。有一种她道不明的情绪抓着她的心,让她连呼吸都不顺畅。

她这是怎么了?

"还是第一次,有人对我说,不是我的错。"

闻言,田思乐鼻间一酸,心口也好似被戳了一下。

田思乐看着景沐的脸,这样近的距离,他的五官是那么精致,眉眼口鼻,仿佛带着一层朦胧的柔光。

他的神情温柔得醉人,这让他脸上被抓破的瘀青红肿显得更为刺目。

田思乐都不知道自己心里这种心脏酸涩疼痛的痉挛感为何无法控制。她的心太难受了,不由自主地抓住他的手,看着他的眼睛:"不是你的错,景沐,你一点错都没有。"她心口溢满了怜惜痛楚,"每个人都会生病,这是再正常不过的事。"

她看到景沐的神色似又松了松,他幽邃的眼神里的惘然跟忧郁一闪而过,让她的心脏又抽搐了一下。

"思乐,对不起,让你面对这样的事。"景沐把田思乐扶起来。

田思乐摇摇头,想说什么却又觉得千言万语难以开口。

景沐扶着她坐到餐桌边。

田思乐见他修长的背影走进了厨房,也不知是干什么。一会儿之后他就走了出来,他端着一杯热茶,放到她面前。

"喝一点,你家乡的青柚很好喝,我每次喝了它都觉得精神能放松。"

田思乐捧起景沐递给她的热茶,"啪嗒"一声一滴透明的液体滴落到纯净的水里,她急忙一吸鼻子,不想让景沐知道她流泪了。

"对不起,让你看到我最糟糕的一面。"景沐轻沉的声音仿佛从很远的地方传来,"我妈妈年轻时有过一段伤心事。这让她变得偏激、好胜。

"她一生最大的梦想,大概就是我能够站在舞蹈届的顶尖位置。所以我生病,不能跳舞的事情对她打击有多大,你可以想象。

"从小我能记得的事情就是练舞,不断地练舞。我的少年时代全都是有关练舞房的记忆,母亲带着我,换过一任又一任舞蹈老师。每个老师都会说我很有天分,教了我一阵子之后便会让母亲另寻他人。长大后我常常在想,或许我的天分需要更好的老师都是他们善意的托词,也许他们只是受不了我和我母亲。"

田思乐心口一震,想要摇头对景沐说不是。

不过景沐又径自说了下去:"我的成长路线一直按照母亲的愿望在进行着,从来没出现过一丝偏差。"

他是笑着说的,但他口吻里的自嘲跟惘然,却让田思乐觉得难过。

"舞蹈世界的竞争是很激烈的,一次一次的大奖背后,付出的汗水、训练,那些不为人知的代价只有我自己知道。多少双染血的舞鞋,脱落的指甲盖,那双伤痕累累的脚,连我自己都觉得丑陋。"他摇了摇头,轻声说。

田思乐觉得自己不能再听下去了,她的鼻子好酸,眼睛也发烫得厉害。

"每次比赛和表演的时候,我的心理压力就会特别大。对体重的要求也特别苛刻,时时刻刻去磅秤上称自己的体重,就好像一部机器一样,一定要精准符合所有的指标才能完美运转。我知道自己的心理问题越来越严重,慢慢变得不想吃东西,担心体重,担心自己无法以最完美的状态完成舞蹈。就像是骨牌效应,最后全部坍塌,走到了吃一点东西都会呕吐的地步。

"说起来很可笑吧,其实都是我自己的问题。"

他轻沉幽静的声音,让人听得好难过。

"所以你说不是我的错的时候,我很震惊,还是第一次,有人对我说这样的话。"他幽黑的眼睛望向田思乐。

田思乐只觉心口被狠狠一撞。

"谢谢你,思乐。也对不起,让你看到这样的我。"景沐站起身,背对田思乐,"你喝了茶就回房间去休息吧,客厅我会打扫,这一切都

不关你的事。"

　　田思乐想要张口说什么,但又觉得他的背影压抑又孤傲,她感觉得到他想要一个人待着。她很想拿医药箱给他处理一下脸上的伤口,但更觉得这种时候让他一个人待着,或许是对他最好的尊重。

　　"晚安,景沐。"

　　田思乐望着景沐的背影,用尽全部勇气说出这句想要安慰他的话。她不知道他能不能接收到她的心意,也不知道能不能对他起一点作用。

　　这注定是个难眠之夜,田思乐窝在被窝里,不着调地听着电台节目,一边听一边心思放飞。

　　直到有清晰的台词传入她耳膜:

　　"严歌苓老师在《一个女人的史诗》里写道,女人一旦对男人动了怜爱就致命了,崇拜加上欣赏都不可怕,怕的就是前两者里再生出怜爱来。

　　"晚年时小菲想,她对自己的孩子都没有这一刻看着欧阳萸离去的身影更动怜爱心……"

　　电台里温润的女中音还在读什么,田思乐已经听不见了,这一刻她只觉得像被惊雷劈了一下,心乱如麻,仿佛那一层朦胧的窗户纸忽然被捅破。

她惊惧慌乱又无助。

不，我不会喜欢什么人了，不可能是那种喜欢的……她拼命地否认。

"夜晚聆听节目的女士们，你们心目中有没有那样一个男人呢？觉得他出色，让你心生憧憬跟仰慕，但又会因他而心疼，他在你心里是强大和脆弱的综合体。如果有那样一个人，那么请别再犹豫，他一定是你心上要紧的那个人。放开手去追寻，给自己一个获得幸福的机会……"

田思乐倏然掐断电台，她一颗心狂跳不止，有种不安又脆弱的退缩。

不可能的，她只给自己这样四个字，蒙头将自己包得像只蚕蛹一样裹在被窝里，只希望快点睡着，别再胡思乱想。

田思乐这一晚上睡得并不安稳，早上起来顶着黑眼圈，蓬头散发地跑到厨房，想要倒杯水喝。

谁知景沐已经在那里，他修长的背影矗立在光影里，优雅地饮着水，看到田思乐过来，对她微微一笑："早。"

田思乐的睡意还没全部消散，蒙眬间一激灵，一下清醒了。

"景……景沐，你早啊。"她说得磕磕绊绊，故作镇定地去倒水，只感觉自己面颊一阵发烫。

田思乐，你别不正常了，根本没有的事，别胡思乱想。她一边倒水，一边暗骂自己。

她忍不住又悄悄打量景沐，见他神色安定，昨夜的事像被全部收起来，客厅也被打扫得很干净。

若不是他脸上还留着被抓过的痕迹，田思乐真要以为是自己的一场梦了。

"今天我会和傅乔外出，你不用为我准备餐食了。"景沐温润的声音，就像晨风一样让人舒适。

田思乐闻言抬头："晚饭也不吃吗？"

"嗯，是歌舞团的事，应该会弄到很晚。"

"好的，我知道了。"田思乐乖乖地应声，心里却有种若有所失的担忧，让她忽略不掉。她想的是，景沐今天这一天都会吃什么，不会又什么都不吃吧？

"你不用担心，我会尽可能吃一些东西，江城歌舞团的食堂不错的。"他语调轻快，不想让她担心。田思乐的所思所虑都写在她脸上，而他喜欢她这份单纯。

"那你一定要吃一点，还有你的脸……"田思乐的目光落在景沐俊美的脸上，那些抓痕太容易让人产生不好的联想。

景沐淡淡一笑："没关系。"

田思乐看他似乎真的没有放在心上的样子，忽然升起一个奇怪的想法,也许这并不是第一次。他脸上的伤,他出门要面对别人的目光,对他来说都已经习以为常。

她被自己这个想法吓到了,立马抛除。

"那么思乐,祝你今天愉快。"景沐看着她的眼睛,微微一笑。

田思乐一颗心又悲喜不明地"扑通"起来,这种感觉让她想要逃跑。

不是的,是她的误会,她只是对景沐很有好感,因为他是个好人,并不是那种喜欢。

她又在心里念了一遍。

傅乔开着车,转头瞥了眼景沐。

"罗老师的意思让你带队去云南那边,这次的交流活动,舞团选择《盛唐美乐》来表演。不用你当领舞,就是指导新人,你带团的话罗老师才放心。"

傅乔又接着说:"澜湾歌舞团的袁总监也盼着你过去,记得吗?三年前《盛唐美乐》在意大利公演,袁总监当时也在现场,结束后握着你的手说了很多话。"

景沐点点头:"他说过希望有一天我们能去云南表演。"

"所以啊,盛情难却,本来艺盟那边就有意推广交流。"

"罗老师选的领舞是谁?"

"唐立青。"傅乔从善如流地回答。

"原来是立青。"

景沐温和的声音,让傅乔有种欣慰的感觉。

傅乔笑起来:"怎么,是你喜欢的小学弟,现在是不是有种慈父的心情?"

"交给立青就很稳妥。"

"知道了,景老师,现在小朋友们都盼着你快去给他们指导呢。这次舞团出征的大多是今年刚选进来的学弟学妹。"

"正是最好的年纪。"景沐若有所感地说。

"你不也是最好的年纪?"傅乔白了他一眼。

景沐微微一笑,傅乔看到他的笑容,话锋一转才道:"昨晚伯母又来了?"

提到这个,车里明朗的气氛也仿佛被蒙上一层阴影,景沐只点了点头。

傅乔喟叹一声:"她一定大发雷霆了吧。可以想象,知道你拒绝了江云涛,她肯定发疯。呃……"傅乔意识到自己用词不妥,偷瞄了景沐一眼,好在对方神色如常。

"江老师那边很对不起,我看他很失望。"景沐的声音有些黯然。

"怎么会不失望?"傅乔忍不住道,"他一直心心念念就是你来演他的《青衫醉》，之前还特意来家里。"傅乔自己都意难平，"青衫醉的首演安排在年底太着急了，如果再多给一些时间，或许你就能……"

"傅乔，"景沐打断他，"前天晚上，我在舞蹈室摔跤了。"

傅乔听到这话震惊地看向景沐。

"只是一个基本的跳跃。"景沐淡声说，"我的腿没有力气，腰部也支撑不起来。"

"景沐……"傅乔有些语塞。

"这就是现状，我们都认清吧。"

傅乔看向景沐俊美的面容，嘴边结痂的伤口，脸颊和额头上还有抓过的指痕。他很难过，讨厌这种压抑低落的感觉。

"景沐，下次反抗吧。"他忽然说。

景沐怔然地看着傅乔。

"你已经足够对得起她了，以后舞也为自己跳，生活也为自己过不好吗？"傅乔忍不住说。

若让人看到传闻中精明狡诈的傅乔，如今这样直白真诚，定然跌破眼镜。

"我只是……"景沐顿了顿，看向窗外。

稍后傅乔才听到他轻轻的声音："觉得她很可怜。"

傅乔在心里骂了一句：她可怜你就不可怜吗？

但他没忍心对景沐说出来。

"小时候她带着我，窝在地下室的生活，我没办法忘记。那时候为了照顾我，她一个人打几份工，吃过太多苦。"景沐黯然的声音，仿佛让空气都结上轻愁。

"已经都过去了，后来她遇上顾叔叔，你们也都重新开始生活，现在还这样，是她自己太偏执了，她的情绪问题是她自己的。"傅乔想到方泠珊，他撞见过几次那女人歇斯底里的模样，心里也感到一股寒意。

"爸爸……他有带她去看过心理医生。"景沐犹豫了一下，对傅乔说。

"看来那个心理医生是在家里蹲的大学毕业证吧？"傅乔想到现在方泠珊还是这个样子，忍不住反驳。

"收效甚微，她本人太抗拒了。而爸爸不忍心逼迫她。"

"顾叔叔真是……他助养我的时候，在我心里一直是神级人物。我读财经大学，去顾氏工作，都因为他是我的人生目标跟憧憬。结果顾叔叔的下半生居然栽在你母亲手里……"傅乔说起这段孽缘，也不免叹息。

傅乔是顾席远的头号粉丝，觉得顾席远一世英名栽到方泠珊手里，属于晚节不保型。

景沐因他的叹息和不加掩饰淡淡一笑。

"所以我很感谢爸爸，是他解救了妈妈。"

"你确定已经解救了？"傅乔出声反驳。

景沐心口一揪,只能沉默以对。

"说点别的好了。你去云南的话,带不带田思乐一起去啊?她跟我们的合约还有一个月不到了。如果带她去的话,肯定超出合约期,我得跟她续约。"

"所以你为什么只和她签三个月?"景沐想的是,三个月到期后,田思乐住的地方到底能不能解决?

"兄弟,这叫有效管理好吧。我对她又不知根知底,三个月的话可以看下她的工作表现。不是因为你泛滥的同情心的缘故,我有更专业的家政人员可以雇用。"

傅乔的话让景沐微微皱眉,在傅乔又想说下去的时候,景沐沉静地说:"不是同情心,我喜欢她。"

哈?傅乔惊吓得差点拐到手,他打了转向灯,猛地踩下刹车,将车靠边停下。

"你刚说什么?"停车后,他瞪大眼睛看景沐。

"我喜欢她。"景沐又说了一遍。

傅乔真佩服这位小老弟了,问:"大哥,你在跟我说你喜欢田思乐?是我理解的那种喜欢吗?"

景沐点了点头。

"那你是怎么回事,都两个月了,一点表示都没有?连我都没看出

来?"傅乔忍不住捶他一下,"你给我说清楚了,你到底什么时候喜欢田思乐的?现在是想怎样?"

"我并不想向你剖析我的感情历程。"景沐一副沉默是金的态度。

"大哥,三个月马上就到了,你是想放人走?别告诉我你这个母胎单身连追人都不会!"傅乔看起来比景沐还着急。

景沐俊美的面孔转向窗外,不想让傅乔看到他赧然的表情。

"我……不知道该怎么和田思乐说,又怕吓到她,或是冒昧……"

真的败给他了,傅乔简直想翻白眼。

"首先,你得确定女孩子对你的心意,田思乐对你有没有那个意思?"

"我不知道。"

"你之前每天看她吃播,还会不断重复看,敢情是喜欢她?"

景沐扬起的嘴角让傅乔看得肉麻。

"那去云南的事,你邀请田思乐一起去吧,你看她怎么回应。如果她答应你,那就表示你有戏;如果她拒绝了,"傅乔摇摇头看着景沐,"兄弟你就放弃吧。"

他又补充一句:"据我这个情感经历丰富的达人观察,她对你就是恩人对雇主的态度,完全没别的意思。"

这句话不免给景沐一记打击。

"怎么说呢，一来田思乐的合约就要到期了，你的云南之行必定是要超出她合约期的；二来她自己的小餐馆不也开张了吗？一般人不会为一个不重要的人放弃自己的事业吧，她如果跟你去，那可能你在她心目中真是有点分量的。"

傅乔见自己的话让景沐陷入思索，不禁好笑："景沐，你真的想恋爱了？"

"我……对自己没什么信心。你知道，我家庭环境是那样，从小就见到歇斯底里的母亲，她被人抛弃，悲惨一生。从前我都会想，我不想成家，如果做得不好让一个女人受到伤害，那她会像我母亲一样人生被毁吗？"

景沐认真的样子让傅乔收起了玩笑的神情。

"所以我不敢向思乐表白，怕自己做不好伤害她。"景沐对傅乔坦承自己内心的顾虑。

"你和秦斌又不一样。"傅乔忍不住反驳。

"有时候我会矛盾地想，不如不告诉她，只像这样作为一个朋友，在她身边关心她帮助她，她需要的时候一直都在就好。"

傅乔认真地看向他："景沐，别害怕表白，不论结果如何，埋在心里的话田思乐永远都不会知道。朋友和恋人的位置是不一样的。"

田思乐坐在再田一碗里,看着满脸喜色的春霞。

"思乐,我们这个月盈利了!"

田思乐想这应该是最让她开心的消息,可为什么她心里还是不上不下,为景沐的事烦恼。

到底在烦恼什么,她又说不清楚。

"喂,你怎么看起来心事重重的?"春霞发觉田思乐有些异样。

"没什么,春霞,你还记得你以前跟我说过的人生理想吗?"

"记得啊,我春霞啊,攒够钱一定要买间属于自己的房子,养只可爱的狗狗,每天睡到自然醒,数钱数到手抽筋。"春霞哈哈地笑起来,说起梦想还是一脸幸福。

"我的呢?"田思乐笑眯眯地问她。

"不就和我一样,我们姐妹俩老了互相照顾。你说你不要谈恋爱了,也不想结婚。那正好,和我这个单身主义者抱团。"

"海边的房子,春霞和我,没有冬天,只有我们和宠物,想着都幸福。"顺着春霞的话,田思乐又感受到以前憧憬时的那份轻松和快乐,倏然有些清醒过来。

"春霞,你为什么不结婚?我是因为顾唯熙的缘故,害怕再次恋爱受伤。可从大学时就没见你谈过,这几年也是一直为生计奔波,你为什么从一开始就抱有单身的念头呢?"田思乐认真地问春霞。

"思乐，你看过我在家里为难的样子，现在挤在大哥的房子，天天看人脸色。其实我在老家时更惨。我啊，从小看着我妈一直在过苦日子，动不动被我爸吼，稍有不顺意就把气撒在她头上，早就对婚姻恐惧了。"

春霞的话让田思乐也跟着难过起来。

"我真的看太多了，我不想我的下半辈子因为一个男人累死累活。诚然必定有人劝我说，你只看到坏的，也有好的啊，有的女人会被丈夫呵护一辈子过好日子。不过这种话听听就算了，婚姻是个未知数。至少我自己能掌控我全部的生活，而多一个人，我不想因为那份不确定改变我能掌握的安定生活。"

"的确，恋爱就充满了变数，更别说婚姻了。"田思乐若有所思地点头，"顾唯熙抛弃我的时候，我所憧憬的希望和未来都好像变成了笑话。更可怕的是，我迷惘了好一阵，怀疑自己看人的眼光，他变得我都不认识了，还是我从来就没认清过他？以往那些甜蜜的感觉都像失了味。所有的东西忽然间好似都只剩下一个空壳子。后来我难免想，若是结婚了，遭受的打击一定比恋爱更甚。难怪有那么多不快乐的女人。"

"所以啊，加入姐的单身俱乐部吧。"春霞向她张开手臂，哈哈大笑。

田思乐把手上的抱枕扔向春霞，就像卸了心事那样轻松起来。

嗯，她不想再受伤了。

♥ 第十三章 ♥♥
做什么都会想起他

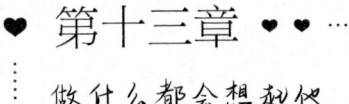

"今天你不用急着回去对吗？"春霞问田思乐。

"嗯，今天景沐外出。"

"那等下你跟我一起送外卖去。"

"送外卖？"

"对呀，我跟你说哦，附近一个舞蹈团经常来我们店里点餐，算是我们的大主顾呢。最近他们在忙着排练一出舞剧，就经常点外卖直接送去。你和我一起去，那舞蹈团就在临江的西洋楼群里，特别漂亮。刚来江城的时候咱们坐在游船上，你不是还说好想看看这些洋房的内部。"春霞笑眯眯的。

田思乐被春霞喜悦的心情感染，不过"舞蹈团"这个词语触动了她，让她忍不住问："那舞蹈团叫什么？"

"惊鸿舞蹈团。"春霞一语惊人。

田思乐莫名地松口气，不是景沐所在的舞团。

下一刻，她也有点好奇起来，不知道舞蹈团都是什么样的。今天是不是可以了解一二？

春霞和田思乐的小餐馆雇了两个人，小梦和大超。小梦和春霞一起负责接待、送外卖的事宜，而大超则是镇守厨房。

大超是田思乐大学毕业后当学徒时认识的朋友,挺憨厚质朴的一个青年,和田思乐一样也是从外省来江城的。

开张这一个月来思乐没在店里,店里全靠大超坐镇。

中午十二点,春霞便和思乐拎着准备好的午餐朝惊鸿舞蹈团出发。

惊鸿舞蹈团距离再田一碗步行二十分钟的路程,两个人各自骑一辆电瓶车,就更快了,十分钟就到达了舞团。

舞团的门禁管理很严格,是不允许外来人员随便入内的。

春霞示意田思乐将电瓶车停在外面专供非机动车停放的地点,便和田思乐一起提着外卖往大门走。

保安张先生已经认识春霞,知道她是附近餐饮店的老板娘,来送外卖,便放她们进去。

一路走进去,绿植环绕的开阔大道让人仿佛进入了一个公园。

春霞看田思乐露出惊艳的目光,轻声笑道:"怎么样,没骗你吧,这里面太美了。"

"嗯。"田思乐点了下头,随即看到那矗立的乳白色舞者雕像。

圣洁庄严,摆出翩跹婀娜的姿态,仿佛凌空而舞。

"厉害吧?"春霞冲田思乐挤了挤眼睛。

田思乐羡慕地说:"能在这样的环境工作,难怪是搞艺术工作的。"

"我们送到一楼的休息室就好,那些舞蹈家都会去那里吃午餐休息。"

田思乐点了点头。

"这座白洋房,以前在游船上游览的时候就好向往,一直不知道它里面是怎样的,真进来了,别有一番天地。"春霞感叹道。

田思乐则更加好奇地多打量了几眼。

春霞领着田思乐走进楼里,田思乐很快看到一个装修现代、格调温馨的宽敞房间。那茶水间的吧台设计,让田思乐知道这一定就是春霞所说的休息室。

"周老师,我们来送饭了。"春霞熟络地跟里面一个男人打招呼。

"小陈啊,来得正好,刚接到电话,他们马上就下来吃饭。"这位周老师看起来彬彬有礼。

春霞和田思乐一起拆开包装袋,把餐盒摆好。

不一会儿,就有年轻人三三两两地来到休息室。

"春霞老板,今天的菜单是什么呀?"林晨是第一个跑下来的,他老家和春霞、思乐她们很近,所以特别喜欢他们饭馆的味道,让他想到老家妈妈的味道。

"今天啊,宫保鸡丁加清炒时蔬,还附送再田一碗新研制的酸甜开胃酱菜。"

"哇哦。"林晨眼睛一亮。

周珊珊跟在林晨屁股后面，瞧见他那个样子就笑："林晨你注意体重啊，再胖表演服要穿不下了。"

她这一声打趣令周围人全都"咯咯"笑起来。

田思乐看着这些俊男靓女的美好画面，他们都好瘦，四肢纤长，体态轻盈。

果然舞者的姿态都特别好，即便是站立、取碗、到饮水机旁倒一杯水的样子，都让人赏心悦目。

田思乐注意到盒饭的分量，果然是为他们特别减少了量的，她心中暗叹春霞的细心。

这套餐是春霞搭配的，宫保鸡丁的颜色配上青翠欲滴的时蔬，看起来就勾人食欲。

春霞很贴心地把腌制的酱菜装在另一个加盖的打包盒里，还浇上了酸甜可口的腌汁。

看得出这些舞蹈家都很满意。

"哇，这酱菜的汤汁好好喝，太清爽开胃了。"周珊珊被白净透明的汤汁吸引，先喝了一口。

"都是出自这个人之手，我们店里的另一个老板，田思乐。"

倏然被推出来的田思乐有些猝不及防，看到众人齐刷刷望向她的目光，思乐觉得面颊有点烫。

"你就是田思乐啊,我看过你的吃播。"翔子先喊起来。

"咦,你本人好像比镜头里看上去更瘦一点。"翔子的话让大家都笑起来。

"思乐老板,再田一碗的菜很好吃,解决了我们吃饭的大麻烦。"周珊珊夸奖她们。

"谢谢大家的捧场。"田思乐有点窘地说。

"我们嘛,饮食不能太油腻,既要好吃有食欲,又不能超出我们摄取的量,找间合心意的饭馆还真难。好在有再田一碗。"

"好香的饭菜。"一个清亮的男声从身后传来。

田思乐不禁回过头。

来者面容英俊、身材颀长,他甚至还穿着排练的舞衣。

"头儿你也来了。"翔子喊话的声音,让田思乐立刻明白,这个人是这里的领导者。

"闻到香味了。"秦峥笑着走过来,一双熠熠有神的眼望着田思乐。

"你好,我叫秦峥,是舞团首席。"

"你好,我叫田思乐。"

田思乐觉得这个美男子的眼神过于热情熟络了。不过他的名字好像有点耳熟,对了,她想起来了,那时再田一碗还没开张的时候,她和景沐坐在一起看电视,景沐跟她说过这个名字,说他是名很优秀的舞者。

"老大,你怎么这么盯着人家田老板啊?你看田老板都被你看得不好意思了。"翔子心直口快。

周珊珊闻到一丝八卦的味道,立马兴味盎然地瞧着这两个人。

"你不记得我了?"秦峥微微一笑,看着田思乐。

"啊?"田思乐微微一怔。

"垃圾桶,带有桂花味的抹茶蛋糕,'同学,你快回家'……"秦峥一点一点地提醒她。

心里有股紧张又期待的情绪,秦峥希望田思乐还记得他。

带有桂花味的抹茶蛋糕?这是她还在当学徒时,第一次动手想要制作合自己口味的蛋糕。

田思乐睁大眼睛,像是想到什么。

"你是那个……"她的手指轻点秦峥,想起了垃圾桶边那个受伤的男生。

田思乐之所以还能记得,是因为那天她突发奇想地制作了那块口味奇特的蛋糕后,被大师傅骂得狗血喷头。

"原来是你。"田思乐轻笑起来。

现在的秦峥看起来似乎是脱胎换骨了。

"原来老大你跟思乐老板认识?"林晨夸张地张大嘴,戏剧化地看着这两个人。

秦峥笑着默认。

田思乐有些不好意思:"就以前有过一面之缘。"

"我幸运地吃过一块令我一生难忘的蛋糕。"秦峥笑起来,这句话说得亲切。

周珊珊朝另一个要好的女孩薇薇眨了眨眼睛,两个人都闻到了一丝异常的味道。

春霞出来打圆场把暧昧化开:"那以后秦先生要多多光照我们再田一碗呀。"

"一定。"秦峥毫不避嫌。

田思乐的注意力在他的服装上:"秦先生,你这个是唐朝时的服装?"

"叫我秦峥就好,你看得懂?你对这个感兴趣?"秦峥听了,眼睛一亮。

田思乐连忙摆了摆手:"我不懂的,我只是看到过类似风格的舞衣。"

她有点窘,总觉得大家的目光都落在她身上

"这舞衣好精致呀。"田思乐只能找点话题说。

"老大在设计我们的新舞剧,背景就设定在盛唐时期。你应该看看老大的另一套舞衣,最近他在为《青衫醉》的甄选做准备。"秦峥的头号迷弟林晨说,"那是魏晋时的,我们老大最适合魏晋服饰,只要穿上便宛如从古画里走出来,那身姿、那气度别提有多吸引人了!"

听到《青衫醉》,田思乐心头一跳。

很久以前招待那位江云涛老师的时候,她就听他提过,而昨夜景沐母亲歇斯底里的时候,也提到过这三个字。

景沐要放弃的就是这出舞剧吗?

田思乐脑海里浮现出景沐的脸,想到他摔倒的样子,心口有几分难受起来。

"副团,这个来帮我看一下。"门口忽然走来一个漂亮女人,对着里面喊了声。

秦峥走过去,那女人拿着一份文件似在询问秦峥的意见,秦峥神情温柔,非常体贴的模样。

俊男美女的画面让人赏心悦目。

"老大人很好的,助人为乐,团里的姑娘都不害怕他,有问题都想要找他。"周珊珊凑到田思乐身边,为秦峥说好话。秦峥对这位田小姐的特别态度,她已经看清楚。

"他从不拒绝吗?"

周珊珊被田思乐问得一愣,自然而然地说:"不会呀,他人那么好,这么温柔绅士的男人很难找了。老大常说不能让女孩子为难,都该给足体面。"

对周珊珊笑了笑,田思乐收回视线,心里有种敬而远之的感觉。嗯,中央空调的确到哪里都受欢迎,不过都与她无关。

顾唯熙过去也是这个样子,对任何女生都温柔得要命绅士得要命,以前她舍友还说她是找到了宝。现在的她只觉得,这份暖很廉价,也很轻浮。

田思乐示意春霞该走了,春霞和她交换眼神,心有灵犀,但春霞刚起身,就被薇薇拉过去说话。

田思乐只能等着她,身后对话的声音就这样飘入耳中。

"艺协的活动就派翔子去吗?"

"嗯,反正是去云南的团建活动,我们这种民营的出个人支持一下就好。主力是江城歌舞团,我听说是景沐带团。"

"景沐?"有人轻呼。

"那他彻底放弃《青衫醉》了?"

"谁说不是呢?听说他连甄选都不去。"

"景沐是真的不能跳舞了吗?现下古典舞年轻舞蹈家里能和我们老大平分秋色的就他呀。如果他不在的话,那我们老大还不稳操胜券?"

"他真的不行了吧。"

田思乐觉得非常不舒服,不由得循声瞪视过去。

被她莫名瞪了一眼的林晨摸摸鼻子,有点摸不着头脑。

周珊珊接收到远处秦峥的视线,知道他是想让她拖延时间不要让田思乐、春霞她们走,便眼明手快地给她们递上两杯热茶。

"春霞老板,思乐老板,坐下喝杯茶再走,现在是午休时间,我们聊会儿天呗,还想问明天的菜单呢。另外,商量一下我们舞团在你们那边长期订餐的事,这样也不用天天打电话呀。"周珊珊热情地笑道。

春霞嗅到商机,和田思乐互看一眼。

春霞说:"长期订餐当然好呀,大家对饮食有什么特别要求也可以告诉我们,以你们的需求为主。"

周珊珊觉得春霞特别会说话,便笑了起来。她又观察田思乐,觉得这位可能真的只擅长在后厨工作,用社会人的眼光来看,不会察言观色,也不够灵活。

"长期订餐这个提议好。"秦峥结束了和那姑娘的交流,走过来加入谈话。

他的眼睛看着田思乐,微微一笑:"不知两位对舞蹈有没有兴趣?要不要看我们的表演?我们马上会有公演,免费送票给两位老板。"

周珊珊再次感觉到秦峥对田思乐的殷勤。虽说他平时就很亲切,但对着田思乐这么一个完全的门外汉,他居然邀请她来看舞剧?

春霞刚想拒绝,觉得这只是人家的客气之语,但她身边的田思乐说话了:"我了解得不多,只看过一些片段,觉得很惊艳。"

"哦？你看过？"秦峥来了兴致。

"我看过一出舞剧叫《盛唐美乐》。"田思乐想到那晚在电脑前被景沐惊艳的震撼。

周珊珊脸色微微一变，那边一边吃饭一边笑闹着的众人也被吸引过来。

"思乐老板你居然知道《盛唐美乐》？"翔子像发现了新大陆一样看着田思乐。

田思乐顶着众人注视的目光，坦率地说："嗯，就在网上看过一些片段，太美了。"

薇薇笑起来："田小姐的领悟力不错欸，《盛唐美乐》可是近年来古典舞界的一出神剧了。"

周珊珊打量秦峥的神色，听到秦峥磁性的声音问："你喜欢《盛唐美乐》的表演吗？"

"非常喜欢，我看的那段叫《春江花月夜》，太惊艳了，美到让人无法描述。"田思乐说起来就忍不住想要夸赞景沐。

气氛有点莫名微妙，连春霞都感觉到了。

翔子看了周围一眼，然后笑起来："是吧，《盛唐美乐》是景沐的代表作，也是他巅峰时期的作品，被惊艳的人不在少数。思乐老板可以来看我们老大的《竹剑》，美名不在'盛唐'之下。"

景沐回到家的时候已经是晚上八点，谁料刚进门，就看到开放式的厨房那边，田思乐踮着脚去取最上层柜子里的东西。

那模样看起来很是艰难，颤颤巍巍地踮了半天还是没能取到她要的那个碗。景沐很怕那些瓷碟餐具全都砸下来伤了她，急忙走过去长臂一伸，把她手指触着的那个碗碟拿了下来。

"谢谢。"田思乐微红了脸。

景沐就站在她身后，他身上特有的淡淡的香气，不是香水，却让她在这些日子与他的相处里无比熟悉了。

那是一种洁净而温暖的味道，她不知道一个人身上怎么会带有这种好闻的味道，不过也可能只是沐浴乳的味道。

田思乐被自己的胡思乱想弄得脸颊更烫。

"你在做什么？"景沐有点好奇。

"就熬个汤。"田思乐接触到景沐那双深邃的眼睛，又不自觉地迅速避开。

"你不会还没吃晚饭吧？"景沐的剑眉微微蹙起。

"当然不是。我吃过了，这个是我为你准备的汤。"田思乐急着解释，在话说出口之后又觉得有些莫名暧昧。

她干脆背过身，觉得是自己思想出问题了，才会觉得说什么都不对。

深呼吸深呼吸,清醒清醒。

田思乐的无心之语让景沐嘴角微扬。

"我今天有努力吃了些食物,中午在食堂的时候还喝了一碗粥。"他对田思乐说。

田思乐回过头有些惊喜道:"真的吗?"

她放下心来,见景沐气色确实不错。

景沐想到傅乔的话,他鼓起勇气,看着她的眼睛:"思乐,接下来一段时间我要带团去云南演出,这一去要两个月,你愿意和我一起去吗?"

他声音诚恳,眼里带着希冀,一眨不眨地看着田思乐。

田思乐被景沐突如其来的邀约弄呆了,一时间,她的心里乱成一团麻线,仿佛有什么在轰轰作响,而脑海里又一片空白。她努力地想要镇定,想要把那颗"怦怦"乱跳的心脏制住。

终于,她轻轻摇了摇头:"对不起,景沐。"

她看得到景沐眼里的期望与光芒迅速暗淡下去,这让她的心立时感到尖锐的刺痛。

然而她还是让理智掌控自己,无视心意镇定地开口:"很对不起,签的三个月合同很快就要到期了。我答应过春霞回店里的,如果跟你去云南,那店里的事情就要不管不顾。这样对不起春霞也对不起我的理想。

不过你要外出，不足的那些时间，等你回来我会补足的。我是真的对不起你，到最后还是没能帮上什么忙，光收到了你对我的好。"

田思乐羞愧地低下头，这样想来，她真的对景沐毫无益处。

"思乐，不要说这样的话。"景沐清然的声音闯进她耳膜。

她抬头，接触到他那双温润真诚的眼睛。

"你已经帮到我了。你在职的这些日子，每天都很用心地为我准备三餐，一直想要帮助我战胜疾病。这就已经足够了。我说过，你是第一个对我说不是你的错的人，谢谢你。提出让你同行是我的冒昧，你有自己的理想、自己的计划，我不该不考虑这些，这显得我的提议自私了，对不起。"

怎么会有这么好的人呢。田思乐真的觉得担不起他这些话，她拼命忍着眼泪看着景沐："景沐，我希望你一切都好好的，以后也要好好的，祝你幸福。"

说完她逃也似的离开客厅，不敢再面对他。

景沐望着田思乐倏然跑走，她的害怕、她的逃避他都看见了。

他知道她是一个受过伤的女孩，安平古镇的影院里，她流着泪看电影的画面还那么清晰地刻在他脑海。他本想只在旁边默默地等待，默默地陪伴，不要惊到她，不要伤害她。

而他还是鲁莽了。

景沐轻轻一叹,努力地将自己心中汹涌的感情全都收纳起来。

思乐,你知道吗?你希望我开心,而我同样希望你能开开心心的,因为看到你的笑容,我才会觉得幸福。

第十四章

他是鉴"茶"达人

田思乐看着自己房间里那本日历，距她圈画的十三号，只剩一个多星期，那是她所剩不多为景沐做饭的日子。

昨天晚上景沐提议她跟他一起去云南，她知道自己内心深处有多么想要答应他。

然而她也明白，在答应的那一刻，很多事情都会改变。而她不想有那样的改变，所以她惶恐逃避，最后变成冰冷拒绝。但是，景沐又有什么错呢？

这些其实都不关他的事，是她自己心理上的问题。

田思乐轻轻一叹，拥着被子坐起，总觉得有些难以面对景沐。

她看了眼时间，发觉才凌晨五点。

毫无疑问，她肯定又是熊猫眼加持了。

田思乐安静地穿戴洗漱好。

本想到厨房准备早餐，可看着时间实在还早，她便推门出去，第一次在清晨绕着这栋房子走一走。毕竟再过不久，她就离开这里了。

醒悟到这一点，她无法忽视自己心上的那份不舍跟留恋。

她喜欢这里，从第一眼看见这栋房子的时候起。

那条绿色的长廊铺着鹅卵石，从景沐的书房望出去便可以看见。田

思乐脱了鞋,踩在上面。

每一步都好像是一种告别,又每一步都在为自己整理心情。

景沐站在窗帘后面,从他二楼的房间望下去,恰好能看到他喜欢的那个女孩赤着脚走在鹅卵石小道上。

她的动作小心翼翼,神情天真。有尖尖的鹅卵石把她的脚心戳痛了,她会受不了地龇牙咧嘴,口中还念念有词的。

景沐喜欢田思乐这样娇憨的样子。

真是个傻姑娘,这条鹅卵石路是特地为他量身打造的,一是为了疏通脚底经络,二是为了他双脚的稳定性,像她这样一个完全门外汉的姑娘,怎么受得了这些疼痛。

景沐既欢喜又难过,悄悄地藏在帘幕后看田思乐,一点一滴,只想把她的样子牢牢刻在心里。

他看着她在那条鹅卵石路上晃荡了十分钟,看着她脚底受挫后以歪斜的姿势回到屋内。

时间一点一点流逝,直到时针指向八点半,他故意拖延了起床的时间。想给田思乐更多独处的空间,他怕自己的出现还是会惊扰到她,毕竟昨夜她抗拒逃避的神情是那么明显。

景沐下楼的时候,就听到田思乐的声音:"景沐,现在吃早餐吗?"

听出她声音里的期望，景沐点了点头。

"你过去坐好。"田思乐说了一句。

景沐便像往常一样，看着田思乐一样一样地把她用心准备的食物端过来摆在他面前。

今天她放在他面前的是一碗绿莹莹的粥？

"这个颜色……"景沐一时有点难以接受。

田思乐被他逗笑："不难看啊，是菠菜汁。"

"喔。"

两个人像往常一样对坐着吃早餐。

景沐提着的心终于放下，他希望田思乐可以像往常一样跟他相处，而不会觉得不自在。

"我刚去走那条鹅卵石路了，简直超出我的想象。景沐，你走过吗？"田思乐喝完自己那碗绿色的粥，将一个馒头送到嘴里。

景沐被她嚼着馒头的肉嘟嘟的脸逗笑："嗯，我走过。"

他喝了一口绿色的粥，忽然觉得这也不是那么奇怪了。

"这个小馒头你可以吃，这两个大胖是我的，小胖是特别给你做的，里面是入口即化的卷心菜和胡萝卜。小胖的皮也特别蓬松薄软，和大胖不同。你的小胖是大胖两倍的制作难度。"田思乐强调。

景沐被她跳脱的思路弄得怔了一下，又有感于她幽默的语调。他微

哂:"谢谢你,我会享用'小胖'的。"

"你会在那条石道上跳舞吗?"瞧,她的思绪又飞回来了。

景沐微微一笑:"那上面不能跳舞。"

"也是。那你用来做什么?"田思乐似乎很好奇。

"站立。"景沐回应她,"想要站得更稳一些。"

田思乐点点头,有点了悟。

"思乐,你也可以去那条石道上多走走,对你的身体好。"

"我知道,我在电视上看到过,这个是疏通经络什么的对吧。不过你为什么要走呢?你那么轻盈,走上去肯定不像我那么疼。"田思乐苦着一张脸,想到方才被"针扎"的各种折磨。

"也疼的,再轻也有重量,我又不是羽毛。"景沐轻笑。

他这个笑容让田思乐看呆了,等景沐的眼神望过来时,她才急忙一口咬住她的"大胖"低下头。她嚼呀嚼呀嚼,脸颊上发烫的感觉太明显。

"思乐,上次秦茉送来的音乐会门票,你还记得吗?"

田思乐心口一紧,点了点头。

"就在今天晚上,你想不想去看?古筝演奏会还是值得一听的。"景沐看着她,"如果你愿意的话,和你的朋友一起去听吧。秦茉虽然脾气不好,可她的演奏很不错。"

"你……不去吗?"田思乐没想到景沐会这样说。

"你愿意和我一起去吗?"景沐忽然问她。

田思乐的心脏"咚"的一声。

"你和朋友一起去吧,我晚上在家里就好。"他声音温柔。

他仿佛知道她的犹豫,可他越这样,她心里越酸涩。

"我们一起去吧。"田思乐几乎脱口而出。

别乱想别乱想,只是一起去听音乐会啊,什么都没有。田思乐你自然一点。

拒绝景沐不去才奇怪吧,田思乐心里拼命地这样告诉自己。

回应她的是景沐春风一样的微笑:"好,我开车载你。"

景沐能看到田思乐惘然又慌乱的挣扎,心里有些疼,但又因她没有拒绝自己而感到开心。

他眼里雀跃的光芒,悄悄地敛起来。

蓝星舞台,是秦茉举办音乐会的地方。

它坐落在江城市中心,因独特的球体建筑在音乐表演场所里一直独占鳌头。

晚上八点,景沐和田思乐准时到达。

在门口,田思乐就看到大幅的秦茉的海报:诗与筝,秋日与朋友们的音乐会。

这张海报与门票上的并不相同,秦茉换了一身白色古韵的服装,坐在筝首,摆出弹奏的姿势。

特别设计剪裁的荷叶袖口,飘垂下来,衬得秦茉像仙女那样,明艳的容貌在白色的礼服加持下,愈显华贵端庄。

田思乐看一眼身边的景沐,今晚的他穿着一件淡咖色的长风衣,英伦风格,将他修长的身形衬托得更为曼妙。

用曼妙这个词形容男人是不太妥当,可景沐在她眼里就是这样一个美人儿。他的身材曲线无一处不美,她早就用超越性别形容过他,身姿漂亮,一举手一投足,优雅而迷人。

田思乐再看一下自己,她已经用心打扮过一番了。可她站在景沐身边,仍旧感觉自己过于"壮实"了。

"你以前有听过这样的音乐会吗?"检票进场入座后,景沐问田思乐。

田思乐摇摇头,双眼好奇地打量着四周:"我第一次来蓝星舞台,这里面真的好漂亮呀。"

景沐觉得她毫不掩饰的样子好可爱。

"蓝星的舞台可以升降,今天是古筝演奏会,所以你看不到了。"他觉得有点遗憾,想着下次有机会要让田思乐看到。

"那么大的舞台,还能升降?"

"嗯，变化之后别有一片天地。"景沐看着她的眼睛。

"景沐，下次你演出的时候，还可以给我一张票吗？"田思乐忽然直视他的眼睛。

景沐被她望得呼吸一窒，他怔怔地回答："当然。"

田思乐得到他的保证，好像松了口气："那就好，我怕到时候你太有名了，票难买，或者我根本买不起。"她像是想到了什么，神情暗了一下。

景沐不喜欢看到她这样的表情，刚想说什么，又听到她轻柔的声音："但是我真的，很想现场看你跳一次舞。你的舞跳得特别棒，你知道吗？我看过那个《春江花月夜》，我从没见过那么美的舞蹈。"

她这无心的一番话，却叫景沐心中跌宕，波涛汹涌，一时难以平静。

"我一定会为你准备票。"

田思乐听到景沐坚定的声音。

她的心里有种暖暖的温柔蔓延开来。

"田思乐！"一个声音叫她。

思乐和景沐同时回头，看到了一张英俊的脸，是秦峥。

秦峥为能在这里见到田思乐感到惊喜，不过当他看到思乐身边的景沐时，微微怔了下。

"秦先生。"田思乐礼貌地回应了他一声。

"我说过叫我秦峥就好。"秦峥走过来,在她身边坐下。

田思乐暗想不会这么巧秦峥的座位就在她边上吧?

她又环顾了一下,察觉到她坐的这一排好像是内部席位,跟观众席有一个明显的分隔,视野特别好。

本来和景沐两个人的时候她还挺自在的,可现下来了个秦峥,田思乐觉得有点别扭,就好像在提醒她跟这个环境格格不入。

"馨茹,这边。"田思乐听到秦峥招呼的声音。

一个年轻漂亮的女生走了过来,她穿着一身红裙,纤瘦苗条,长相还有点异域风情。

女生说:"学长,秦茉姐安排的位置在这里啊。"

这句话让田思乐脑中灵光一闪,秦峥、秦茉,这两个人不会是兄妹吧?

她上下看看秦峥,就听到旁边景沐轻沉的声音:"秦茉是秦峥妹妹。"

田思乐摸了下自己的脸,转头看景沐,难道自己真的什么都写在脸上?为什么他连她在想什么都知道?

回应她的是景沐上扬的嘴角,他幽黑的一双眼,大而深邃,勾起的眼尾特别好看,眉目充满了风情,时常是撩人不自知。

秦峥清楚地看到景沐凑近田思乐低语,这画面让他觉得极不和谐,果然他们认识。

"你们……是一起来的?"秦峥出声问。

"我邀请思乐来的。"景沐回答他。

这句话再度给了秦峥心口一击,怎么回事?景沐居然认识田思乐?并且两人看起来很亲密,他们是什么关系?

"你们……"他涩然出声。

"思乐是我的好朋友。"景沐微笑地看了眼田思乐,而田思乐也因他这句话而面颊一烫,有种怦然心动的暖意。

秦峥的呼吸滞住,所有想说的话仿佛都因为景沐的那一个笑容而压在喉咙口。

"景学长,你也来听演奏会?"女生惊喜地问道。

田思乐望过去。

只见那个红裙女生在景沐的另一边坐下来,她那一双硕大的眼睛,带着显而易见的倾慕。

"景学长,你还记得我吗?我是16届古典舞系的常馨茹,有一年校庆的舞台表演你还来指导过我们。"

"你好。"景沐点了下头,并没有多作交流。

但常馨茹浑不在意,她开心地跟景沐攀谈。

她询问了一些舞蹈的事情,但景沐很少回应,通常她说了三四句,景沐才会回应一句。

田思乐暗自听着,心里有点佩服这个妹子,这么冷场还坚持得下去。

不过常馨茹越发做作撒娇的声音让田思乐有点受不了了。当她看到常馨茹一双手环住景沐的胳膊时,她发觉自己气血上涌,觉得十分碍眼。

常馨茹脸上的表情是那么刻意矫揉,眼睛里毫不掩饰的欢喜暗藏着勾引。

田思乐轻轻咬住唇,转开视线。她讨厌常馨茹,也讨厌这样的自己。田思乐,明明是你一再逃避,现在你又有什么立场难过。

她忽然听到景沐的声音:"思乐,我可以和你换一下位置吗?"

田思乐惊呆了,她转头就看到常馨茹愕然尴尬的模样,那张漂亮的脸上写满了受伤。

田思乐从善如流地跟景沐换了座位。

"景学长……"那边常馨茹咬住唇已经是快要哭出来的表情,她完全无法想象一个男人会这样不给她面子。

景沐看也未看她,神色如常地坐在座位上,不予理睬。

但秦峥不乐意了,维护起学妹:"景沐,你是不是太过分了?馨茹她做了什么,你要这样对待一个小姑娘?"

景沐淡淡地瞥了秦峥一眼:"别人不想交流,再迟钝也该看出来了。

还有这种自来熟的动手动脚，抱歉，我不喜欢。"

田思乐完全震惊了，对景沐的"鉴婊"能力大大地叹服。虽然她早就看出来常馨茹就是她们女生最讨厌的那种矫揉造作极度会撒娇的"绿茶、白莲"，可男生能这么不给面子当场戳穿的绝对是少数。

她不明自己心中的暗爽和悸动是怎么回事。她低垂眉目，轻轻按着自己的手，只能把她的小欢喜发泄在手指上，好爽啊好爽。

常馨茹捂着脸跑走了。

秦峥真觉得景沐这个人不近人情"你不用这样吧，学妹只是仰慕你，想跟你亲近一下。对一个女孩子，你不能待人温和点，给人家留点体面？"

他希望田思乐能看清楚，景沐就是这样不通情理的一个人，一点都没有绅士风度和涵养。

但景沐压根没有搭理他，秦峥觉得自己的面子有些挂不住了。

这就是他不喜欢景沐的原因，一直是一副油盐不进的样子，很不不讨喜。

秦峥时常觉得，景沐大概只会跳舞这一件事，连基本的为人处世都不懂。

但他又不肯承认，他有点羡慕景沐的我行我素。他从小就被自己的父亲教导要谨言慎行，要圆滑变通，所以他不得罪任何一个人。永远是

大家一提起都交口称赞的秦峥,可谁又知道他有多累?

秦峥觉得自己在唱独角戏,他抬眼望见一直低垂头的田思乐。在发现她上扬的嘴角时,他仿佛受了一记闷棍。

他仓皇地站起身,也离开了座位,佯装去安慰常馨茹。

秦峥心里忍不住想,他捕捉到田思乐的那抹喜悦,是因为她看见景沐方才的表现?

难道田思乐喜欢景沐那样做,但为什么?

他们两个……

秦峥觉得自己不能再想下去,景沐一直是他的对手,他讨厌景沐,打心眼里不服气不觉得自己比不上景沐。可大多数的前辈,始终给予景沐更高的评价,这是他最不甘的地方。

现下他遇见了心中念念不忘的女孩,而那女孩,也跟景沐有了关系,为什么,景沐这个人,总是要站在那里,让他不能痛快?

演奏会很棒,除了听觉上的享受,视觉上也如此。秦茉外形美丽,整场演奏会换了至少五套服装,每一套都精心设计。

一共十二首曲目,中间还请了舞者配合她的古筝表演。

她的筝曲都有所改编,结合了朗诵吟唱与弹奏。

田思乐觉得她这种改编应该更迎合年轻观众一些。

终场的时候灯光亮起来,全场响起雷鸣般的掌声,许多男士发出倾慕赞叹。

秦茉对这些男性来说,应该是像女神一样的存在吧。

"肚子饿不饿?"离场的时候,景沐问田思乐。

被他这样一问,田思乐还真觉自己饿了。她刚想回答,就看到秦茉拿着花束朝他们走过来。

"景沐,谢谢你能来。"秦茉抱着花微笑着。此刻她仍穿着谢幕时那身丝蓝色晚礼服,绸缎的光面紧身的设计完全衬托出她窈窕婀娜的身材。她妆容浓烈,一双硕大的眼睛熠熠地盯着景沐,看起来十分开心。

"我在舞台上一眼就能看到你。"她看着景沐。

这句话过分暧昧了,田思乐站在景沐身后有些尴尬,她不知道自己是不是该离开比较好。

这时,秦峥也走过来:"不然一起吃个宵夜?"

秦茉看到秦峥,气质又恢复冷淡:"我并不想和你一起吃宵夜。"

"对哥哥怎么说话呢?"秦峥完全了解她的臭脾气。

"没血缘的哥哥而已。"秦茉白了他一眼,"你该上哪儿去就上哪儿去,我在跟景沐说话你没看见?"

秦峥感觉秦茉可能就是下一个常馨茹,没趣地摸摸鼻子,转向田思乐:"思乐,要不我请你吃宵夜吧?蓝星舞台后面有很多好吃的馆子。"

"我和思乐有约,我们先走了。"景沐温润的声音打断秦峥。

其他三个人都看向他。

"思乐,我们走吧。"景沐温柔地唤醒田思乐。

田思乐红着脸,回答了他一声:"好。"

感觉背后灼灼的目光,直到走出蓝星舞台,田思乐才轻轻舒了口气。

"想吃什么?"景沐问她。

"景沐,不用那么麻烦的,要不我们回去吧。"田思乐看着他。

"不麻烦,吃饭怎么是麻烦?你不能给我灌输这种思想。"

他一本正经的口吻逗笑了田思乐,她笑起来,整个人彻底放松下来。

♥ 第十五章 ♥♥
她吃播里的"美手先生"
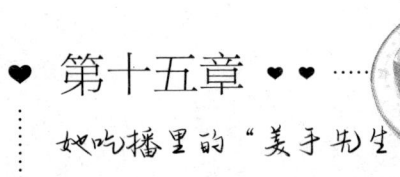

餐厅是景沐选的，他们坐在靠窗的位置。透明的玻璃窗外面是江城市灯火通明的夜景，可以望到夜间坠着彩灯的江城河，来往的游船都是一道道风景。

"这里真美。"田思乐有点出神地看着夜景，"我刚来江城的时候，觉得很陌生，这样一个大城市，和我出生的小镇是完全不一样的。第一次看到江城夜景的时候，我和春霞两个人傻眼地在江城河步行街那里站了好久。"

"那现在呢，喜欢上江城了吗？"景沐好听的声音，沁入心田。

"喜欢。"田思乐双手捧着脸颊，望着窗外夜色中的江城，"这其实是个很温暖的城市。"她轻轻一笑，看向景沐，心里加了句，就像你。

服务生递上菜单后退了下去。

田思乐一直很爱翻看菜单，这是她的兴趣所在，因此她看菜单的时候会全神贯注。

直到景沐的声音传入她耳中："思乐，我下星期就要去云南。如果你的房子还没解决的话，可以继续住在我家，完全没问题。我这一趟需要去两个月，你就当替我看房子。"

田思乐抬起头，视线落到景沐脸上。

景沐被她看得有一丝紧张，暗想刚才自己的话是不是不够妥当。

"景沐，谢谢你。"田思乐乌亮的眼睛望着景沐，让他想到他有一件特别的舞衣上点缀的黑珍珠，一样皎洁、明亮。

"房子的事你不要担心，已经解决了。我会和店里的小梦一起住，她正好缺个合租人。"

"这就好。"景沐心里微微失落。

"景沐，点菜吧，今晚我请客，你不能跟我抢。"

听见田思乐用故作轻快的声音岔开话题，这让他心里有难言的疼惜，他不想她为难，只能把所有心绪都收起来。

虽说是宵夜，但田思乐也点了不少东西。当服务员把一道道美食摆上来，对比景沐面前那碗孤零零的桂花酒酿小丸子，田思乐"扑哧"一笑："景沐，请你吃饭真省钱呀。"

他轻轻一笑，也不辩解。

美食陆续被端上来，田思乐拿出手机："我可不可以在吃之前先拍一下呀？这里的食物做得好精致，我想剪辑到我的吃播视频里。"

景沐嘴角微扬："我协助你。"

他跟着田思乐手机的视角，将每一道食物在镜头前摆正。

"真想让你入镜。景沐你长得这么帅，如果入镜的话，我都可以想象吃播里控制不住的弹幕。"田思乐一边拍摄，一边说。

"我不介意。"景沐微微一笑。

田思乐摇了摇头:"不要,不能让别人来打扰你。"

她脱口而出的话,让景沐心口一跳,有些屏息的心动。

"你看你的手入镜就够漂亮了。这位先生,请你把那个铁盘比萨挪过来一些,谢谢。"田思乐爽朗清脆的声音,就像一把小鼓,一直捶得景沐的心怦怦跳。

他配合地摆盘,让她把美食一一收录到视频里。

"好啦,等我剪辑好,记得看呀。"田思乐开心地邀请景沐。

"一定。"他轻言,像是一个承诺。

田思乐心口暖了一下。

"景沐,我前几天在微博上看到一则新闻,看到的时候我都哭了。"田思乐咬了一口比萨,幽亮的眼睛若有所思地望着景沐。

"什么?"他有些好奇。

"就是一只金毛,它的主人因为突发疾病倒地了,家人打了120急救,谁知道那只大狗居然跟着120救护车跑了一路,摄像头有拍到它跟在车子后面狂奔的样子。

"后来到了医院,大狗还一直待在大厅不肯走,直到最后男主人把它牵走。"田思乐现在说起来还有几分伤感,声音闷闷的。

景沐看着她发红的眼睛,知道她并没有夸张。

"很久以前我看过一部日本的老电影,叫《八公犬》,不知道你有没有看过?我那时候看哭了,哭到春霞都以为我出了什么事。"田思乐说,"我也不知道为什么,看到这些忠心的狗狗时,会觉得异常感动,可能这种感情太珍贵了。我有时候觉得,很多人都没有狗狗这样忠实的情感。"

她看着景沐:"狗不能说话,它只能跟着跑,跟着守护,或是像八公一样整日整日守在车站,却不知道主人永远都不会从那里出来了。我觉得,这种感情比那些吹嘘到天崩地裂的爱情要可贵得多。"

她轻轻一笑,声音已有点哽咽:"所以你看,光是这样说起来我就又想哭了。"

"但是,我其实是一个自私懦弱的人。我这样跟你说狗狗,你以为我必定喜欢得要命,想要养一只是不是?"她的眼睛湿润,又笑起来。

"曾经有一次,我和妈妈一起在路边遇到一只流浪的白毛小狗。不知为什么,它看到我'呜呜'叫了两声,就默默地跟在了我们身后。它真的跟着我们走了好久好久,就好像认定我是它的主人一样。

"我还和妈妈说它是不是认错人了?还是我身上有什么味道让它误以为我是它的主人?可是它跟久了,我却觉得有些惊慌了。因为我并没有准备养一只狗,所以后来,我做了件很卑鄙的事。

"我拉着妈妈去了超市,它没法进去,跟不了我们,超市人流又多,我躲了很久以后,很怕出门又看到它。所以当我走出超市,没再看见它

的时候,我松了一口气。可是想到它刚才看我的眼神,又觉得很难过。有一种伤心又负疚的感觉。如果我收留了它,它就不再是一只流浪狗,会有住的地方,也会有东西吃。后来我还想过它现在在哪里、会不会被人欺负、有没有东西吃……或者有个好心的人,跟我不一样的人,收留了它,那它就有主人了。我心里是这样期盼的。"

她看向景沐:"但是我做的,却完全是只顾自己的事。所以我其实是个懦弱又自私的人。"

景沐心有所动,一时没有出声。

"景沐,就是这样的我,有些事,我心里明白,可是当别人想要走向我的时候,我就会先卑鄙地逃走。因为我害怕,不想再遭受一次以前那样的痛苦。虽然这样对别人自私又残忍,可我就是做不到。"田思乐发红的眼睛,认真地看着景沐。

景沐感觉心底痉挛,就好像被什么东西戳痛了。然而他明白思乐的意思,而他一直,是不想勉强她的。

"我们以后还能做朋友吗?"田思乐望着他哑声问。

她看到景沐那双深邃动人的眼睛,他是这样好,越发衬得她渺小与自私。

"思乐,我们会一直都是好朋友的。"他轻沉的声音,是那么温柔地告诉她。

田思乐垂眸，吸了下鼻子，拼命忍着自己的眼泪。她说："景沐，任何时候你想吃什么，都可以来我的小餐馆，不要钱，我什么都给你做。"

"好。"景沐轻轻笑了，没有逾矩，只是像朋友那样轻轻拍了拍田思乐的手。

田思乐心里有股酸楚的感动，她跟着他笑起来，但只有她心里知道，她再一次体会到那种怅然若失、酸涩又后悔的心情。

也许这种心情将会陪伴她很长一段时间，可她终究没有勇气，去改变它。

景沐启程去云南的那天，田思乐把一本厚厚的手帐交给他："景沐，这是给你的礼物。"

他有些好奇，想要打开看。

"先别看，等上了飞机再看。"田思乐急忙阻止他。

景沐坐在飞机上，从包里拿出手帐。

他翻开，发觉竟是一本田思乐亲手绘制的食谱。

他只翻开了几页，便觉得眼睛有些湿润。因为她画的和写的那些，都是针对他的喜好和情况为他制作的。

她甚至还贴心地贴上了各种食材和成品的照片，不知道她是什么时

候瞒着他把这些菜一一做出来,再一一照相。

这本手帐精致得独一无二,景沐难以想象田思乐花了多久制作。想到田思乐用心绘制的那份心意,他心里就有股难以言说的温暖。

这份温暖与悸动,与他每每在面对田思乐时是一样的。

他坐在飞机上,他的耳机里恰巧传来一阕动人的音律:

这是爱 我们的爱

还不确定却好实在

把你贴在胸怀 静静地代替表白

这是爱 给你的爱

没名字却停不下来

在忐忑里期待

他视若珍宝地合上手帐,轻轻闭上了眼睛。

秦峥开着车,看着坐在副驾驶位置上闭口不言的秦茉。

"坐我的车让你有那么难受?"他忍不住调侃她一句。

"我今天心情不好,奉劝你别来烦我。"秦茉不留情面地讽刺他一句。

秦峥翻了个白眼,暗想就这个性,有哪个男人受得了她。

"虽然我们没血缘关系,但户籍上,你还是我妹妹。所以作为你的哥哥,能不能请你别对我这么无礼,稍微给予我点尊重?"

秦峥实在不知道秦茉这种烈马一样带刺的个性是怎么教养出来的，秦茉是母亲在孤儿院领养的孩子，在他三岁的时候，来了他们家。

说来也奇怪，从小他们兄妹俩就不对盘。

秦茉对他也从来不会相让。

母亲却尤其疼秦茉，比起有个儿子，母亲显然更想要个女儿。难怪有了他之后，还会领养秦茉。

"景沐带团去云南了，你怎么不去？"秦茉白秦峥一眼。

"我为什么要去？那种闲差，随便找个人就行了。你哥哥我现在有要紧的大事，你不知道吗？"

"《青衫醉》。"秦茉皱了眉。

对她的阴阳怪气，秦峥也不在意。

"爸爸很看重这次的甄选赛，我一定要让他满意。"

"景沐不去，这个领舞位置不就是你的，你紧张什么？"

秦茉脱口而出的这句话，却触到秦峥，让他恼火了。

"什么意思，什么叫景沐不在就是我？敢情你认为他在就轮不到我？"

"我没有这么说，不过你自己说出来了，看来你心里也清楚。"秦茉毫不相让，冷冰冰的口吻让秦峥觉得刺耳极了。

"秦茉，你对我有什么意见？就这么看不得我？我自认小时候对你

也不错。"

"就是你这种高高在上的优越感让人生厌。"秦茉嗤之以鼻,"你觉得我是养女,所有的东西都是你施舍给我的,所以在我面前才有这份优越不是吗?"

"你……"秦峥一时竟有些哑然。

"秦峥,你这人从小就很讨厌,自以为是、装模作样的中央空调。"

"秦茉,你也没好到哪里去。"他针锋相对,"你这个脾气,谁受得了你?你看景沐不也远远躲着你,还不是你一厢情愿?"

秦茉怒然瞪视他,简直想咬秦峥一口。

"不过他身边那位田小姐,你认识吗?"秦峥想到自己在意的事情。

"什么田小姐?"秦茉冷笑,"不过是他家里的保姆。"

"保姆?你在说什么?"秦峥愣了下。

"那女人是景沐家里的家政人员。怎么,你眼光这么差,看上这种女人?"秦茉上下盯了他一眼。

秦峥掩饰地控制着方向盘,轻咳一声:"你在瞎说什么,只是叫你说话的口吻善意一些。还有,别看不起人家的工作,我看景沐就很在乎她,对她比对你亲切得多。"

他话刚说完,就感到肩膀一阵刺痛,秦茉居然就这样咬了过来,一口重重地咬在他肩上。

"秦茉，你疯了吧？我在开车，想出车祸别拖着我。"

秦斌坐在客厅边喝茶边看报纸，电视里播报新闻的声音，让他偶尔抬头瞥几眼屏幕。

"财经栏目记者在昨日终于采访到江城著名的连锁酒店顾远集团CEO方泠珊女士。方泠珊女士在过去数年间一直不曾在媒体前露面，没有接受过任何记者采访……"

秦斌霍然抬头，看着荧幕里的人。

方泠珊跟过去很不一样了，眼角也有了皱纹，神情冷傲而苛刻，与他记忆里那张秀美的面庞重叠在一起。

"方泠珊女士还在采访中首次披露了与著名青年舞蹈艺术家景沐的关系，原来她就是景沐先生的母亲……"

秦斌手里的水杯落到地上，哗啦砸成碎片。

他震惊地盯着屏幕。

今晚田思乐的吃播有些与众不同，她在进入正题之前剪辑了一段美食视频。

田思乐从大学就开始玩视频剪辑软件了，以前追星时做过几个踩点视频在粉圈引起过不小的轰动。现在剪辑美食视频，她更加得心应手。

从她上传视频开始,弹幕就在迅速增长。

"第一,打卡!"

"哇哦,今晚吃什么?这期是外景吗?这是什么餐厅,看起来好棒!"

"思乐姐姐,我来了!"

"呜呜,这个摆盘好漂亮。"

"比萨、海鲜意面、好多虾呀、缤纷蔬菜沙拉,口水!"

"我要那个红豆奶茶 QWQ!"

"草莓雪域蛋糕,好诱人!"

"我饿了我饿了我饿了!"

"哇哦,刚刚一闪而过的美手!"

"对对对,我也想说,很明显那是一双男人的手,绝对不是思乐姐姐的手。"

"思乐姐姐有男朋友了吗?这是和男朋友一起外出就餐?"

"热烈燃烧的八卦心!!!"

"'真香'打脸预警,思乐姐姐之前还在节目里说自己单身……"

"咦咦,手那么美,给看脸吗?"

"作为手控的我'一本满足'。"

"思乐姐姐让男朋友露个脸嘛!"

……

　　田思乐看着弹幕一张黑人问号脸，呃，朋友们，只是一双手啊，你们的思维未免太跳跃了吧。

　　美食之后，跃动的字幕占据屏幕。

　　"致很珍贵的朋友，今天有好好吃饭吗？"

　　"如果还没吃的话，田思乐陪你一起吃。"

　　田思乐浏览到自己编辑的这个字幕时，面颊还是不免一红。她表述得很隐晦，所以弹幕里也没什么异常。大家以为这是对观众们说的话，但其实，她知道景沐能够看懂她想要说什么。

　　她很珍贵的朋友景沐，她希望他每天都能好好吃饭，享受到食物的美味。而她，会更用心地制作吃播，并且在这里跟他交流。

　　最后一个画面定格在田思乐吃完的笑容上，在她剪辑的一束夜景烟花里渐渐消散。景沐的手指轻轻抚过屏幕，合上电脑。

　　推开窗，夜间新鲜的空气拂面而来，他们已经到达目的地，舞团为他们安排了住处。县城地处山地，所以他们住的旅店打开窗，便能眺望群山，是和江城非常不一样的风景。

　　景沐喜欢这里的宁静，他静静地伫立凝思一会儿，好像所有恼人的情绪都会退散，变得神清气爽。

门口传来敲门的声音,景沐回头发觉是傅乔。

"你要不要去看看唐立青?我刚路过舞蹈室,灯还亮着,他好像还在排练。这孩子是不是太紧绷了点,今天都练习一天了。"

景沐若有所思,傅乔看他拿起钥匙走了出去,只留下一句:"离开的时候替我关门。"

"这小子。"傅乔笑骂了一句,摇了摇头。

景沐走到舞蹈室的时候,音乐还响着,而唐立青正沮丧地低着头,坐在地板上。

景沐敲了敲门:"立青。"

"学长。"唐立青看到景沐,开心了一秒,随即又恢复到那副丧丧的样子。

景沐走过去在唐立青身边坐下,拍拍他肩膀:"你今天练了一天了吧。"

"嗯,可还是做不好。"

"苦练是好的态度,但是超出身体负荷就得不偿失了。"

唐立青一向对自己的要求极高,又是面对自己崇拜的学长,他真的很想表现好:"《弱水》这个章节,《春江花月夜》的这段,我老跳不好。"

"早上我看过一遍,还不错。"

"学长,别违心安慰我了。你的这段表演我看过很多遍,每一次都会深受感动,每一次能体会到奥妙与激情,也每一次都不一样,真的好丰富,可我就好刻板……"唐立青越说越沮丧。

景沐想了想问:"你觉得自己哪里最不好?"

"翻身的那部分。"

翻身是中国古典舞基训中独特的技巧形式,它以腰为轴,身体在水平线倾斜状态下的翻转。

动作自始至终贯穿着拧、仰、俯和旁提的形态。对舞者的腰,柔韧性、协调性都很具考验。

景沐站了起来,对着唐立青摆了一下姿势:"是这个吗?"

"对对,就是这里紧接下腰的地方,学长你看你随便这样一比画都有种韵味,可我怎么做都没那个味道。我对着镜子练了半天,每一次都觉得自己好笨重。"

"立青。"景沐沉稳的声音喊他。

唐立青看向景沐。

"你不必学我。"他听到景沐温和的话语,"每一个舞者,他对舞蹈的领悟都有自己的思想和灵魂。没有人可以和另一个人一模一样,即使你认为那个动作我完成得更漂亮,但这只是你的主观喜好。"

唐立青的目光中露出些迷惘,景沐又坐下来,看着他说:"这就跟

喜欢苹果还是橙子是一样的,以你的口味,更喜欢苹果。可是换一个观众,也许他会觉得橙子更好吃。就是说,他可能更喜欢你完成的样式跟风格。"

"学长,话不是这么说的,我这是专业的眼光。"唐立青还想反驳。

景沐轻轻一笑:"我这个粗浅的比喻,当然不是正确的说法,我想说的只有一点,作为舞者,表现出自己的风格就是最好的,无须去模仿什么。"

唐立青被他说得豁然开朗:"学长,我好像有些懂了。"

"立青,你已经到了一个阶段,模仿对你来说不是最重要的,而保持自己的优势,展现你的风格,这才是你作为这次领舞面临的主要挑战。"

"对喔。"唐立青拍拍脑袋,露出一个恍悟的傻乎乎的笑容。

景沐实在觉得他这个小学弟很可爱,这么多年了,还是一点没变。

"你这个样子,让我想起当年在舞蹈学院你跑到我面前自我介绍的时候。"景沐微微一笑,温润的语调里带着怀念。

唐立青对他泛起大大的爽朗的笑容:"那时候对我而言可是圆梦,看到你我别提有多高兴,回去跟我爸妈吹嘘了一个下午!"

景沐笑起来,拍拍他的肩膀:"休息吧,回去冰敷下你的脚。"

"嗯。"唐立青感激地应了声,看景沐站起身,也跟着站起来,"学长,你的身体好些了吗?"

景沐点点头:"已经能慢慢吃些东西。"

"学长,你要快点好起来,我很期待和你共舞呢,我要继续做你的小迷弟。"唐立青淘气地抱了他一把。

景沐笑着揉了揉唐立青的脑袋。

♥ 第十六章 ♥ ♥
我为你而来

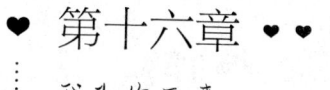

自从田思乐回到再田一碗后,小餐馆的生意越发蒸蒸日上。午餐时间爆满到下午两点多才能歇上一会儿。

午后阳光正好,眼看马上就要进入江城的冬季。田思乐在四季里是最不喜欢冬天,因为她很怕冷。她老家都没这么冷的天气,她最不能适应的就是江城的冬天,又湿又冷。

她的手机传出"嘟嘟"的信息提示音。

春霞眼见田思乐用快到令人发指的速度点开手机,而后也不知看了什么,她的嘴角就呈现出那种诡异的微笑弧度。

田思乐看着手机,屏幕上是景沐发给她的信息。

她其实很怕,与景沐分别后,两人从此就会疏远。虽说他答应了她两人还是朋友,会来小餐馆做客,可她生怕那只是他的客气之词。

然而景沐的行动,永远不在她的预料之内。

他不会每天都给她发消息,第一次他给她发了一张山间竹林的照片,成片的土屋建筑,他写:"到达目的地,这是我们住的地方。竹深树密虫鸣处,时有微凉不是风。是不是很惬意?"

她心里有千言万语,最后都只化为一句叫他好好吃饭,好好照顾自己。

而现在,他给她发的是一张食物的图片。

田思乐一眼就能看出这是景沐的午餐,几样清淡的小食。她惊喜地发现那些全是自己给他的那本食谱里的食物。

他的配字是:来自美手先生的午餐。

田思乐没忍住"扑哧"一声笑出来,心里有种甜蜜又羞涩的感觉。她知道他一定是看过她的吃播了,同样也看到网友们的弹幕。美手先生,亏他想得出来!

"美手先生好好吃饭,要像这些竹子一样清俊修长。"

田思乐回复他之后,又意犹未尽地捧着手机看了好一会儿。

景沐吃完,将自己的碗筷和托盘一起收拾进去交给林阿姨。林阿姨是他们舞团从江城带来的厨师,在这里的日子就负责烧饭给他们吃。

"林阿姨,您费心了,午餐很好吃。"他很感激林阿姨每次都还得为他特别准备一份。

毕竟他现在的饮食还是和常人不一样。

林阿姨很喜欢景沐这个帅小伙,为人和善又有礼貌。她笑呵呵地摆手:"景先生,别客气,这是我的工作呀,我拿工资的,你跟我客气我可不好意思了。罗团长特别嘱咐过我要注意你的饮食的,而且你抄给我的那些菜单,可刚刚好帮了我的忙。说起来,这些菜单是谁为景先生你准备的呀?可太用心了,那些食材、配料都写得清楚又讲究,看得出很合你胃口。"林阿姨自从来这里以后,都是按照景沐给她抄写的那些食谱来做饭的。

景沐这个人随和亲切,给她抄了食谱,也只是嘱咐她做简单的就可以,不用每天换。

这大大减轻了她的负担。

林阿姨虽然是个经验老到的厨娘,可从没给厌食症患者做过食物。而且团长又特别关照过,要她好好照顾景沐。

她来之前也做过功课了,但心里总有种七上八下的感觉。景沐给她菜单是再好不过,让她不用像无头苍蝇那样摸索了。

"景先生,这本食谱对你很重要吧?"林阿姨察言观色,看得出提到食谱时,景沐脸上那种开心的神情。

"嗯,是很珍贵的礼物。"景沐温柔的声音让人如沐春风。

"那林阿姨问你要原版看看是不是不行呀?"林阿姨笑呵呵地打趣。

景沐脸一红:"也不是不可以。"

他这句话让林阿姨笑得更欢了。

舞团的排练进行得很顺利,周五就要在扎勒县城的交流活动上表演了。

与此同时,在江城,《青衫醉》的甄选赛也终于拉开帷幕。艺术论坛上每天都有跟进甄选活动的内幕帖子,讨论着各个角色的选拔。

毕竟《青衫醉》一旦确定主演,第一次公演是定在盛大的江城艺术节开幕式。同时也已经受到国外邀约,备受瞩目,是古典舞界近年来最大型的原创舞剧了。

舞蹈论坛大舞坛里最近的气氛也十分活跃,话题基本都是围绕《青衫醉》和景沐带团去云南的《盛唐美乐》。

《盛唐美乐》公演当天,扎勒县城最好的剧场里,座无虚席。

台前热烈的掌声和忙碌的后台是截然不同的风景。

表演进行到一半的时候,景沐才能够放下手里的对讲机放松片刻。

傅乔站在他身边,有感而发:"终于明白为什么没人愿意干这个调度的活儿。这里的条件跟江城完全不一样,谁能想到光要个灯光,都那么艰难?"

"不是人干的事。"耍嘴皮子的傅乔被景沐按了一下。

"好了,废话那么多,建议你以后多跟我去外面演出,就知道各地水平都不一样,每个舞台都是一次珍贵的经历好不好?"

"你看看这些年轻的面孔,看到他们脸上的光彩了吗?对舞蹈家而言,没什么条件好条件差,有的只是自己心中的激情和热情的观众。"

傅乔对景沐这一刻的能言善道肃然起敬,这闷葫芦也有会说话的时候啊。

"景老师,不好了。"助理夏兰急匆匆地跑过来。

"怎么回事?"景沐和傅乔对视一眼。

傅乔心中一跳,可实在不想有什么麻烦事。

"马上要表演《采莲歌》,铃铃她突然肚子痛,看了医生结果是急性阑尾炎,现在在等救护车来送她去医院。"

"让大家不要慌,先送铃铃去医院,把立青叫过来。"景沐微一沉吟。

"好。"夏兰听到景沐的吩咐,定心了一些。

傅乔看景沐:"你打算怎么办?我们带来的人手有限,现在没人可以替铃铃。"

"《采莲歌》中铃铃饰演的女角是负责给立青搭戏的,重点不在她。"

不在她,可也要个人啊!这次江城歌舞团带来的全部演员,每个人都已经物尽其用地分配了任务。

唐立青很快跑过来:"景学长。"

"立青,你知道了。"

"怎么办?铃铃不能上台的话,那《采莲歌》……"

"立青,你先别慌,听我说,《采莲歌》我来扮女角。"

景沐这句话一出口,让傅乔跟唐立青都傻眼了。

旁边候场的群舞们全都愣了:"景老师……"

"《采莲歌》的舞步我最熟悉,作为船上的渔女,她不是主线,且整套动作上没有弹跳,我想我可以应付。"

"蔡振,你给我化妆,其他人各就各位。"景沐一拍手,让大家振作精神,漏洞仿佛瞬间被填补上,快速的节奏又被带起来。

只有唐立青还站在景沐身边:"学长……"

"立青,等下别紧张,和排练时一样,把我当成铃铃就好。"景沐按了一下他肩膀。

唐立青点了点头。

秦峥通过甄选当选《青衫醉》领舞的消息经由各大媒体发表。一时间那些网友议论纷纷,而微博上"秦峥 青衫醉"亦出现在热门里。

秦峥在休息室里拿着平板电脑浏览大众的反应,有些新闻稿是秦斌一早就安排相熟的媒体写好的,现下确定之后,自然双管齐下,为秦峥造势。

秦峥看着"古典舞界最优秀的新锐势力"这些媒体用词而感到开心,他终于得到了《青衫醉》的领舞。

《青衫醉》领舞确定!

"论起魏晋,在古典舞这块舍秦峥其谁?"

"啊啊啊,我男神啊,《青衫醉》终于花落秦家。魏晋第一人选,当数秦峥。"

"江云涛老师的作品啊,迫不及待了!!!"

"坛友们,抢票走起,江城歌剧院走起!"

"听说还要在悉尼公演呢。"

"竹林男神啊,魏晋风流,江云涛老师出手必定不凡。秦峥的《竹剑》已是这块的代表作了,现在出演江云涛老师的作品,尖叫。"

"不是,有一说一,秦峥什么时候成唯一了?还第一?"

"就是,楼上一水吹的是水军吗?呕,咱这儿又不是娱乐圈,小门小户的,怎么也来粉圈这套?景沐还没退隐呢,怎么就舍秦峥其谁了?"

"我也是纳闷了,看那些人发帖的等级,什么新号、小号都敢来我大舞坛吹了。《青衫醉》选秦峥,说真的,我有点失望。"

"我也……不敢说,以为自己来错论坛了。"

"秦峥虽然优秀,媒体啊、舆论啊各方面都控制得很好,可真爱古典舞的,看个几年的谁不知道其中关窍。"

"我就直说了,他没有景沐有灵气。"

"怎么没灵气了,景沐有什么特别了?再说他都没跳过魏晋背景的

作品，这方面哪有秦峥有经验。"

"景沐压根没参加甄选好不好？楼上还说什么，本来江云涛＋景沐才是顶级标配，上上品！现在，差强人意罢了。"

刷着评论的秦峥脸色不好看了，毕竟这是资深舞蹈爱好者聚集的论坛，结果发表的言论让他有些难以接受。

他又刷新了一下，想看看有没有什么新的有趣的观点。

谁料看到一个忽然火爆的新帖，想不注意都很难，因为那新发的帖子后面带了一个红色的"爆"字，还特意被版主置顶了。

标题：【我大舞坛的子民们，快去看景沐男神最新的神仙表演，反串《采莲歌》女角！！！】

秦峥还没有点开视频，就看到帖子下面一串的惊爆感叹号。

"美人！！！！！！！！！！"

"北方有佳人，一顾倾人城，再顾倾人国。"

"迟迟好景烟花媚，曲渚鸳鸯眠锦翅！"

"呜呜呜呜呜呜呜呜呜呜呜呜呜呜呜，男神啊，我唯一的神啊！！！！！！！！！！！！！！！！！！！！！！"

"楼上破坏队形，拖出去！"

"美人抱瑶瑟，楼下接着！"

"色比昭阳人第一，才同江夏士无双。"

"倾国倾城，非花非雾，春风十里独步。"

……

整个首页的几百条回复几乎全是网友默契地用诗句接力留言。

秦峥只觉得这些评论十分刺眼，咬着牙点开那个视频。

舞台很昏暗，看起来十分简陋。灯光也并不好，勉强才能营造出渔船、月色、流水的景致。

静谧的古琴声里，渔船上缓缓步出一名身材曼妙红衣纱罗的歌女。只见"她"薄纱遮面，娉婷袅袅。

这支舞是由《绿腰》改编而来，属于软舞，对体态的轻盈柔美要求甚高。

南国有佳人，轻盈绿腰舞。华筵九秋暮，飞袂拂云雨。翩如兰苕翠，宛如游龙举。

这视频显然经过粉丝剪辑，伴随景沐的舞姿还为他配上恰到好处的诗词字幕。

景沐空灵绝美的身段，眼如波，舞轻腰，与他往日的男性舞者风格是完全不同的。

秦峥带着挑刺的心，想找出不好的地方，但见景沐袖玉为姿的风韵，只觉扎心，一时间丢开平板电脑，负气地不想再看。

几乎同时,田思乐也在悄悄地浏览着大舞坛的热帖。自从她开始对古典舞感兴趣之后,便找到了这个国内最多舞蹈爱好者聚集的大舞坛论坛。

她时常看到里面和娱乐圈追星并无不同的粉丝热帖。每每看到别人夸赞景沐,她便也觉得高兴,而且这里的网友都好会说,令言语贫乏的她崇拜至极。

这不,《采莲歌》这个爆贴下面,就一水的诗词歌赋,令田思乐叹为观止。好多诗句她连听都没听说过,这些坛友个个巧舌如簧,太会说了。

她带着自己都不知道的甜笑,春霞称之为"姨母笑",聚精会神地刷了好一会儿屏。

"景沐是真的厉害,他那身韵味,别人学都学不来!"

"跳什么像什么,他除了自己的风格之外,还能给角色赋予灵魂。"

"有生之年,我能摸一下大美人的腰吗?"

"楼上滚啊,对男神有什么肖想之心呢。只可远观,不可亵玩,懂?"

"呜呜呜呜呜,我真的哭了,有姐妹懂我吗?好久没看到景沐跳舞,外面消息又这么乱,这个视频让本沐担泪流满面了。"

"楼上,我懂你,因为我也QAQ……"

"有画质更好的吗?我想要更高清的视频,看不够啊。"

"坛友知足吧,男神在云南带团,这一看就是哪个犄角旮旯偷拍的,能看到都不错了。正常来说，他怎么可能跳这个角色，估计是临时替人上场。"

"景老师，我爱景老师啊！"

他能跳舞了！田思乐抱着手机偷笑得像个五百斤的胖子，为避免动静太大接收到春霞的日常白眼，她将头又偷偷往里偏了些，脸上是挂不住的甜笑。

但生活总不会一帆风顺。田思乐接到家里弟弟打来的电话时，正在厨房里炒料。大超在旁边记着她的配方，两个人在讨论试验新的口味。

田思乐听见往日调皮嘴欠的弟弟一反常态的呜咽声时，她也跟着慌了："安子，你先别哭，跟姐说清楚呀。"

"姐，咱爸……咱爸撞到人了，现在在县城公安局。"

田思乐眼前一黑，深吸了好几口气才稳住心神。

田思乐临时买机票赶回老家，到达老家县城的时候已经是第二天中午。

田安健等在县城车站，一眼就看到姐姐田思乐神色焦急地拖着行李箱走出车站。

"安子，爸人呢？"

"姐，咱爸还被扣在公安局，秦叔现在在医院和受伤的家属调解。

早上他打过电话,情况不是很好。"

田思乐感觉自己呼吸发颤,一晚上没睡好,下了飞机又换乘去县城的长途汽车,现下她真的有点撑不住了。

"姐姐。"田安健眼明手快地扶住田思乐,担忧地看她。

田思乐努力镇定心神,深吸一口气:"姐没事,就是昨晚没睡好。我们先去医院。"

田安健欲言又止地点了点头。

景沐从县城歌舞团的招待宴回来,虽是初冬,但这里阳光正好,依旧有二十多度的温度,还给人春天的错觉。

他觉得自己很喜欢这个小县城,物资虽不丰富,却有股平和宁静的安闲。

景沐和立青几个年轻人一起逛了下县城的集市,看到有趣的东西忍不住拍了下来,想着回去发给田思乐看看。

他记得思乐说过她老家也在云南的某个县城,不知和这扎勒县城比起来相不相似,会不会让她觉得亲切。

正当他驻足在一个染坊前,手机忽然响了。

景沐发现来电人居然是田思乐的时候,心里那份喜悦压抑不住。

然而手机那端田思乐的声音,却立刻让他听出不对劲。

"景沐,你……可不可以借给我一些钱?"

她强忍着眼泪,对景沐说出这句话。她的嘴唇都被自己咬破了还不自知,鲜血流下来,可她说不清自己心上那深切的痛苦是什么滋味。

田思乐把认识的所有人都想了一遍能找什么人帮忙,什么人有这笔钱又愿意借给她。

她能想到的唯有这个名字,景沐。

"思乐,你不要哭,我借给你,你告诉我发生了什么事?"景沐让自己镇定下来,虽然担忧至极,却仍保持着温和平静的声音,想要舒缓田思乐的情绪。

"我……爸爸他开车撞了人,情况很严重,那个人做了手术,现在躺在医院里还没有醒,医生说他醒了也可能落下后遗症……"听到景沐温润关切的声音,田思乐的眼泪大滴大滴落下来,她极力压抑哭泣。

"你现在在哪里?"景沐思绪转得飞快,轻声问田思乐。

"我……我在老家。"

"思乐,我在扎勒县城,把你的地址告诉我,我现在马上赶过来,别害怕,我马上就来。"景沐沉稳的声音仿佛给了她依靠。

"景沐……"田思乐终于忍不住哭出声。

"别哭,等我。"

景沐把事情跟傅乔交代之后当即出发去往田思乐所在的昌宁县城。

景沐到达昌宁县城的时候已经是落日黄昏。

他按照田思乐给他的地址打车来到县城的医院。

这已经是当地最好的医院,快要到达的时候他给田思乐发了消息,所以刚下车,他就看到那个伫立在那里孤零零的身影。

多日的思念在这一刻仿佛汇聚成最浓的情丝。

"思乐。"景沐深情地唤着她的名字,然后看到田思乐像只小麋鹿一样朝自己飞奔过来。

"景沐。"田思乐望着景沐,一时哽咽。

景沐看到她红肿的眼眶,想到她背着家人偷偷地哭,心中怜惜。

他很想把她抱在怀里,可两个人都克制住自己没有逾矩。

景沐定定神,轻声道:"思乐,现在情况怎么样?"

因为景沐在赶来的路上又和田思乐通过电话,所以田思乐已经把事情详尽地告诉了他。

田思乐的父亲总会在赶集日开车送货,谁料那次送货的路上出了意外。那个被撞的青年是从弯道口忽然出现的,田爸爸一时反应不及,把人给撞了。

将人送去县城医院急救,那青年不仅伤到脑子,腿也折了,据说将来可能都要跛脚,无法负重劳动了。

县城的警察检查了车子,又询问过当时的目击者,最后判定还是田爸爸的责任更大一些,也因此,那青年家里人闹起来,直嚷嚷着要田家赔他们儿子,哭嚷着下半辈子怎么办。

景沐此时已经大致了解到这些状况。这会儿他看田思乐愁眉不展的面孔,柔声安慰她:"别太担心,等下我去和医生谈一下,如果病人情况允许的话,我们可以把他转到更好的医院接受治疗。我去和他的家属谈谈吧。"

听景沐这样说,田思乐抬头看他,他的出现让她心里有种安定的感觉。

"思乐啊。"在医院帮忙的田爸爸好友秦叔看到田思乐和一个相貌俊美的青年一起走过来,忍不住对景沐多看了两眼。

"秦叔,这是我朋友。他……他是过来帮忙的。"田思乐一时不知该怎么介绍景沐。

"秦叔你好。"景沐温和地问好,"现在情况怎么样?对方家属怎么说?"

秦叔一听就知道这是个脑子清醒的青年,便也直接,他伸出三根手指:"对方开价这个数。"

"三十万?"景沐轻声问。

秦叔点了点头。

田思乐听了,人也跟着眩晕了一下,景沐急忙扶住她。

田思乐脸色苍白,而那边被撞的小伙子的家属因看到田思乐,便又哭哭啼啼地冲过来,准备要闹。

"我们小松从此就废了啊,你让他下半辈子怎么办?"一个看似伤者母亲的中年妇女,居然一屁股就坐在地上号啕大哭起来。

田思乐心里内疚、痛苦、担忧各种情绪交织在一起。

"大嫂子,你这样哭闹只会给医生增添麻烦,我们不会跑。"秦叔忍不住说。比田思乐见得多的秦叔,自然也明白对方这样闹腾的意思。

"大娘,您先起来。"景沐伸手去扶那个妇人,在她依旧想要哭嚷前,出声说,"该赔偿的我们不会逃。我先去和医生了解一下详细的情况,这里的医疗条件不是最好的,如果医生允许的话,我能想办法让他接受更好的治疗,他能好起来,您先不要哭了。"

他这话说到妇人心坎上,一是赔钱的事,二是儿子的伤,如果儿子能得到更好的医治那当然是好。

她瞅着眼前这个清瘦修长的青年,只能看出他气度不凡很有钱的样子,而他俊美的脸,也让人过目不忘。她还想要闹的心莫名歇了下来。

景沐扶着田思乐在医院的长椅上坐下,转头嘱咐秦叔看顾她,便去找医生。

田思乐脆弱又强装坚强的模样，在他脑海里挥之不去，让他心脏深处有股深切的痉挛与疼惜。

当田思乐迎着从公安局出来的父亲，看着他又苍老了许多的脸，一下红了眼睛。

一家人紧紧地抱在一起，她弟弟田安健在她边上，想到昨天和今天的经历，心里也是难以平静。

因为姐姐的那个朋友，这些事情全部解决了。

下午景沐跟医生交谈之后，只打了几个电话，就商量好把伤者丁小松移送到医疗条件好很多的市级医院，并且都是由他联系车辆跟人运送。

他又带着医生和丁小松的家属交谈，告诉他们丁小松的伤都可以恢复，而那条粉碎性骨折的腿，需在治疗后才判断能不能负重劳动。

赔偿的金额也跟丁小松家人商量了，说好了看丁小松愈后的情况来赔偿，所需的医药费由田家这边承担。

这一番协商之下，丁小松家属不闹了，而田思乐的父亲也终于能从公安局离开。

田安健一下对景沐又佩服又感激，但他不善言辞，都不知道说什么好。

现下景沐就在他们家里,他看得出母亲十分喜欢景沐,而父亲听了全部的事情也很是感激。不过,田家人都是憨厚嘴笨的性子,对景沐这个"救命恩人"只能在心里拼命地感激。

♥ **第十七章** ♥♥
苗条的男朋友和宽度
一点五倍的女友

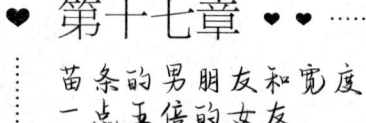

当晚田妈妈做了好多菜,一时间家里的鸡鸭鱼肉全上了桌,连为过年准备的腊肉都提前上了桌。

田思乐也是回来以后才知道妈妈烧了这一桌菜,可这些全是景沐"不能享用"的啊。

她目瞪口呆地看着热情的爸妈把景沐拉上饭桌,甚至还动手给他倒"白干"。

见到景沐被父亲邀得拿起那杯白酒,田思乐脸色都变了,慌忙中大喊了一声:"停!"

田爸爸和田妈妈都被女儿忽然的大嗓门惊得愣了一下,从厨房里端汤出来的田安健也吓了一跳。

姐姐怎么忽然变成河东狮了?

"爸妈,他不能吃这个,还有这个这个,他都不能吃。"田思乐慌忙把景沐碗里田爸田妈夹的各种肉给拣出来,又对景沐做个禁止的动作,让他一口也不要动。

田家人面面相觑,迷惑地瞅着田思乐,又瞅瞅那个好看的年轻人景沐。

景沐歉意地一笑，用温润的声音说："田伯父田伯母，谢谢你们的美意，我有厌食症，暂时吃不了这些。"

"厌食症？"

对淳朴了一辈子只关心农活的田爸田妈来说，这是个陌生难解的名词。

读高中的田安健开了口："是一种病，不太能吃东西，吃多了会吐。"

"行啊，田安健，你连这个都知道？"田思乐转头看向田安健，又觉这个叛逆的小家伙今天怎么这么乖，还会帮忙解释了。

田安健这么一说，田爸田妈理解了，瞅着景沐只觉得可惜。这多好看一小伙儿，难怪这么瘦，怪可惜的。

田妈妈心思一动："那等下我给你煮个米汤吧。"

"妈，我来就好，我知道他吃什么。"田思乐脱口而出的话让家人的视线都落在她身上，她只觉脸颊一阵发烫。

田妈妈亮亮的眼睛看向景沐，笑着问："景沐啊，你跟我们思乐是怎么认识的？"

"是在一次互助活动上，我是病人，而思乐恰好是帮助我的社工，就这样认识了。"景沐温和亲切的声音，让田妈妈听得满心舒适。

"她做那什么心理社工，我是听她跟我说过。"田妈妈嘴角上扬。原来多做好事真的有好报，居然让她家丫头因为这个认识了这小伙子。

"哪有我帮你，明明你帮我更多。"田思乐忍不住反驳景沐。

田爸和田妈互看一眼，觉得有趣。

"后来因为思乐特别会做饭，我就请她帮我治病，因为我实在不太能吃东西，但思乐给我做饭后，我就慢慢能吃下一些东西了。"

田思乐的脸颊又烧起来，总觉得很平常的话这样说出来之后好似变得很暧昧。

田妈妈看这两个孩子害羞的表情，笑眯眯地说："思乐这丫头的确会做饭，也是她唯一的长处了。"

"妈，哪有你这样说我的？"田思乐又急又窘。

田爸爸和田安健在旁边哈哈笑起来。

"景沐哥哥，可以问一下你是做什么的吗？"田安健忍不住发问。

景沐还没回答，田思乐就替他说了："他是舞蹈家。"

"舞蹈家？"田安健睁大眼睛，有些目瞪口呆。

不仅是他，连田爸田妈都一时反应不过来。

田思乐轻拍了弟弟的脑袋一下，说起景沐就是一副维护的语气："是很有名的舞蹈家，你去网上搜一下就知道。"

听她这样说，田爸爸和田妈妈惊得面面相觑，有点愣愣地看着景沐。

这孩子原来是跳舞的啊，难怪长那么漂亮，动作也美。田妈妈后知后觉地想，她方才看他远远地走近，还在想这孩子怎么连走路都那么好看。

"景沐哥哥,你是我姐的男朋友?"田安健又抛出一个爆炸性问题。

"不是!"

景沐还来不及作答,田思乐已经大声否认,并揪着田安健的耳朵恼火起来:"田安健,你给我安分点行不行,别那么没有礼貌。"

田安健看自家姐姐满脸通红又羞又恼的表情,嘴角扬起,咧着嘴喊疼,却也不反抗。

景沐看出来他们姐弟俩感情很好。

田妈妈把女儿的反应看得一清二楚,心里敞亮,笑着去拍女儿揪弟弟的手:"好了,别闹了,你不是说要给景沐做吃的吗?那就快去,再不吃饭得让他一直空着肚子?"

闻言,田思乐也顾不得其他:"我马上去。"

看她穿着拖鞋毫无形象跑走的样子,景沐脸上挂着暖暖的笑,田妈妈看在眼里,心里更欢喜。

夜晚,田爸爸、田妈妈和田安健三颗脑袋凑在田安健房间里那台破旧的电脑前面。

三个人皆是目瞪口呆还未回神的表情,电脑屏幕定格在一个身穿锦袍的武将最后拔剑的姿势上。

田妈妈忽然叹口气,悠悠地说:"我们家思乐能配得上人家吗?是不是高攀了?"

田爸爸虽然仍被方才看的那支舞蹈震撼,但听了这话他不乐意了:"我们思乐怎么了,有什么不好?心地善良、能言善道,还烧得一手好菜,还……"田爸爸绞尽脑汁地想了会儿,憋出来,"还结实肉嘟嘟的有福气。"

田安健"扑哧"一声笑出来,被自家老爸的形容逗笑。他忍不住叹道:"没想到景沐哥哥这么有名,你瞧他履历上的那些奖。这样一个人,居然跟思乐姐姐来了我们这个小镇,还这样帮我们……"

"爱情的力量。"田爸爸很有智慧地总结。

田妈妈瞪了他一眼:"要不是你的事,女儿也不会这么焦心地哭着跑回来,以后你还敢给我惹事看看。"

田爸爸被老婆说得垮了脸,赶忙认错:"以后我一定注意再注意,这次真是……"他说起来还心有余悸。

"就给我停了,别开车了,咱们地里那些活好好干就行了。孩子们也都大了,苦点就苦点,钱少赚点就少赚点,你每次开车出去,我都担心……"她哽咽起来。

田爸爸一边不舍得老婆哭,一边也是为难:"可总得把钱还给那个年轻人吧,景沐替咱们垫了多少钱,你私下问思乐吧,一定得还的。"

"这是当然。"田妈妈瞪了他一眼。

"爸妈，要不我不考大学了，我去学开车，以后我来替爸送货。"田安健话还没说完，就被妈妈重重敲打了一下。

"说什么鬼话呢，你姐姐在外面辛苦开店你不知道？就是为了攒钱让你去江城读大学。安健，咱家是遇了事，可穷啥都不能穷孩子，只有读了书才能去更大更广的地方。"

田安健低下头乖乖地听着。

田妈妈叹口气，摸了摸他的脑袋："看看你姐姐，再看看景沐，你愿意一辈子就待在咱们村里不出去看看？妈知道你是个懂事的孩子，现在苦点没关系，等你以后书读完了再赚钱还债，不差这几年。"

"嗯。"田安健坚定地点了下头。

月光如水，景沐和田思乐漫步在河边。他喜欢这份宁静，这感觉和他在扎勒县城所见的景色很相似。

"景沐，你刚才没勉强自己吧？"田思乐回想方才为他煮的蔬菜粥，他差不多都喝完了。

"所以你一直盯着我，是怕我不舒服？"

他的话让田思乐面颊一红，糟糕，这几天下来，她的自控能力好像差了很多，难道她真的一直在盯着他看？

她自我反思，却对上景沐注视她的眸光。他深邃的眼睛，仿佛被月

光镀上一层琥珀色的柔光,那眼瞳是如此迷人,令田思乐的心跳不可抑止地加速。

"思乐,我很好,这阵子在扎勒,阿姨每天都按照你给的食谱给我做饭,我现在能吃一些东西了,也不吐了。"他深沉的声音,是如此动听。

田思乐心脏深处迸发出的喜悦难以自禁,他在好起来,她脑海里只有这个念头。

"是你治好了我。"

"不是的。"田思乐拼命地摇头,不知怎的,听着他的声音,眼泪就这样流了下来,"你才是,帮了我太多,你是我的……"他是她的救赎。

她的话却戛然而止,拼命克制着自己的情绪,不敢说出来。

"我是为你而来的。"景沐看着田思乐的眼睛,他这句话温柔又清晰。

田思乐全然失守,她眼睛滚烫又模糊,再也没办法在他面前假装。她就这样呜咽地哭泣起来,而景沐终于轻轻地把她拥入怀中。

"思乐,你看着我。我想问,你的想法和心意有没有改变?"景沐捧起田思乐的脸,手指轻轻拂过她湿润的面颊。

"我喜欢你,你知道。"他温柔的声音,如暖风一样轻轻抚慰她的心田。

"一直以来我没有说,是因为我知道你不想。你受过伤,很害怕这样的感情,而我,因为母亲的缘故,看着她歇斯底里的一生,也没有自信能不能承担我爱的人一生的幸福。但现在,我慢慢坚定了。只要和你在一起,我就会忍不住憧憬我们的以后,你可不可以给我一次机会?"

这是景沐第一次,对她说得这样直白,但所有的真心真意,都让田思乐眼眶湿润,如潮的心绪仿佛在海上漂荡的小舟。

她想要这样一个港湾,曾经她以为再也找不到,可这样被他抱在怀里,她感受到的保护和安宁,令她明白了自己真实的心意。

"景沐,我傻透了,跟你讲那些狗狗的故事。"她埋在他胸前,哽咽的声音闷闷的,她想到自己傻气的逃避行为。

"一点也不傻,那让我更多地了解你。"他轻沉的声音落在她心上,他那么好,一直以来都是那么好。

田思乐破涕为笑,抬起脑袋,闪着泪花的眼睛看着他:"你到底偷看我吃播多久了?"她终于意识到他对她的好感,可能早于他们相遇之前。

"很久。"他轻轻地却坚定地说出这两个字。

"你还没有生病前?"田思乐终于捕捉到什么。

"嗯。"景沐温柔的眼睛看着她,点点头,"其实我的食欲一直不太好,生病之前,我心里就预感到会朝很糟糕的方向发展。那时候我想要找些东西看,排解掉那些负面的东西。"

"可还是没有排解掉。"田思乐心疼地看他。

"长年累月,并不容易。"景沐安静的口吻,令田思乐也渐渐释怀。

"吃播都是我埋头吃的画面,也不是很好看。"她想到自己的吃播,真的就只是吃,而且时常连淡妆都不化,一副不修边幅的日常样子。她还不是美女。

"不做作,很清新,很可爱。"他坦然道,像是想到什么,笑了笑。

田思乐被他说得心口怦然一跳,面颊发烧。小鹿乱撞是什么滋味,她这一会儿工夫,就体验了好几回。

田妈妈在院子后面的菜棚子里倒水,刚想回房间远远就看见她家闺女和景沐并肩走过来。

月色下,她女儿小小的个子,站在景沐旁边,还真是个小矮子。而且景沐是那样修长瘦削,衬得田思乐有他一点五倍大。

这丫头,该让她减肥了。田妈妈心中暗想,越细瞧景沐越赞叹他是个大美人。当田妈妈看到女儿的手被景沐牵起,两人脸上都漾着那种羞涩又甜蜜的笑容,田妈妈摸着自己心口,老脸都害臊起来。

她想了想,立马悄悄转身回房,免得那两个人看到她尴尬。

晚上,思乐跟母亲睡在一起,而她自己的房间收拾了一下让给景沐睡。

田爸爸挤在田安健的房间早就进入了梦乡。

田妈妈转向女儿，想要和她说说贴心话。

"思乐，你和景沐到底是什么关系？刚吃饭的时候，你还喊着他不是你男朋友。"田妈妈终归是有些不放心的，尤其是知道女儿曾有一段不幸福的恋爱，被一个自私的男人甩过。

田思乐红了脸，轻轻窝进妈妈怀里："就刚确认。"

"田思乐，你不会是因为景沐帮了你，才接受他的吧？"

"不是的。"田思乐急了，"妈你放心吧，他那么好，才不是因……因为……"

田妈妈听见女儿急出口吃了，心里才定了些。田思乐这个急到口吃的毛病都多少年没犯了，可见景沐在她心里的分量。

"傻孩子，别急，妈能看出来。"田妈妈微笑着摸了摸田思乐的脑袋，"妈只是想到以前那些事，才有些担心。"

"不会，他跟顾唯熙不一样。"

田妈妈笑了笑，故意跟她抬杠："喔，你怎么知道了，以前你喜欢顾唯熙喜欢得不得了的时候，不也一样把他夸得天上地下谁都比不上。那时候妈说什么你都听不进去。"

"我现在知道了。"田思乐的声音低下去，有好多话埋在心口，千言万语不知该怎么说。

田妈妈刚想开口，就听到女儿轻轻的声音："我现在知道了，什么才是真正的好，是保护，是照顾，是安慰。"

她这句话说到田妈妈心坎上，很久之前，她就希望有个人，能爱护女儿照顾女儿。而现在，那个男人出现了。

"妈，我以前的眼光真的很烂。喜欢顾唯熙的时候，是真觉得他很好，可现在和景沐一比，我才知道什么是真正的好。景沐这个人，从来不说什么花言巧语。他不仅对我，在其他细微的事情上面，都好好。你知道我最喜欢他什么吗？

"我最喜欢他的眼睛，总是很温柔很干净，对周围的一切都很平和友善，他有一颗善良的心。我见过舞台下别人将他围得水泄不通时，他明明因为厌食症状态那么差，却还是温柔地面对那些堵他的人。他没有抱怨没有发脾气，那份宽容和包容，才是真正让我喜欢的地方。我就觉得，跟这个人在一起，不会有不安，也不会有暴躁。他的善良跟温柔，都能包容我很多很多。"

"思乐……"田妈妈听着女儿满满的爱语，眼眶都有些湿了。

"我早就喜欢景沐了，可是我不敢说，也不想破坏我和他之间那种朋友的关系。他却都明白，知道我的心意，他就一直不开口，为我着想，从不逼迫我。"田思乐亮晶晶的眼睛，带着泪光，"他对我的好，点点滴滴，我都知道的。"

田妈妈也心口酸涩，望着自己的女儿："思乐，爸妈没什么大心愿，就希望我们思乐能开开心心的。景沐是个好孩子，妈妈也很喜欢他，觉得放心。"

田思乐想哭又想笑，最后还是把头埋进了妈妈怀里。

方泠珊望着手机，想要给景沐发条消息，却是打字删除打字。她这个母亲当得还真失败，儿子去了外地快两个月，却只言片语都不曾发给她。而他和他那个继父顾席远，倒是时常联系。她还要通过顾席远，才能知道儿子在外生活的点点滴滴。

景沐的舞蹈视频她看见了，想要跟儿子说些什么，却好生矛盾。

方泠珊抚了抚太阳穴，看着秘书刚给她的行程，下午她又要飞美国了。

十几年来争强好胜的她头一次感到厌倦。

"方总，这位秦先生，说是你的老同学，我拦不住他……"

秦斌闯进来的时候，她的秘书满脸尴尬。

"小陈，你先出去吧。"方泠珊看了眼秦斌。当她二十多年来又一次面对他的时候，她发觉自己的感觉跟她预料的很不一样。

甚至没有过分的激动。

这个男人老了，在他脸上好像已经找不到年轻时让她着迷的样子。

她忽然迷惑自己是为了什么那么刻骨铭心地恨他。

他的样子好陌生，完全比不了自己的儿子。

方泠珊这样想着，可再看几眼，又觉得胸口有股铺天盖地的厌恶和恶心接踵而来。

想到这个男人对她的背叛，他们孤儿寡母那些年受的苦，那股意难平实在难以疏解。

"泠珊，好久不见了。"秦斌看着眼前的方泠珊，许许多多的往事就这样扑面而来。曾经他们是那么亲密，是最信赖的舞伴，可后来分道扬镳。这些年他偶尔会想起她，心里那股自己都不能控制的情绪，一直让他不快活。

现下看到她了，这股情绪好像被无限放大，他觉得憋闷痛苦。

"当年你不告而别……"他涩声说。

"你要结婚了，还指望我为你结婚欢欣鼓舞？"方泠珊冷笑起来，她的话又尖又刺。

反而让秦斌想起她过去的样子，她一直是朵带刺的玫瑰，从不给人好脸色。那时候她的笑容也只为他一个人绽放。

他若有所失，怅然地望着方泠珊："张老是我的恩师，他把女儿托付给我……"

"够了！别说得你有多恩义！如果他没有那些家底，你还愿意照顾他女儿一生吗？"方泠珊冷笑，"秦斌，我早就看清楚你了！"

面对她句句刺耳的言语，他竟无言以对，甚至有一丝心虚。

"景沐是你的儿子？"他忽然想到自己的来意，心里有股强烈的情绪让他的声音发颤。

他突然提到景沐，让方泠珊心口一痛，就像当年那样被利刀割过的感觉。

"他……是不是我的儿子？"秦斌迫切地发问，极度想知道答案。

这样子的他在方泠珊眼里失去了儒雅，变得扭曲可笑。

她笑得泪花都出来了，可是这样笑着，就好像把胸口这二十多年沉积的恶气都笑出来。

"他姓景，不姓秦。"

她冷冷的声音，在秦斌胸口一撞，秦斌觉得她那副讽刺的表情很碍眼。

他皱了眉："当年，我只听说你嫁给了同乡人，回老家去了。"

"是，你为了自己的前程抛弃我，我就嫁给了我父母安排的人。可惜那个人短命，不到一年我就成了寡妇。"方泠珊说起那些辛酸的岁月，声音涩然而尖锐。

秦斌捕捉到重点，不到一年她丈夫就死了，那么这个孩子……

"景沐真的是我的儿子？"他哑声问。

"你想知道我们孤儿寡母过的是什么日子吗?"方泠珊不回答,声音讥讽,"在不到四十平方米的地下室里,吃着垃圾桶里捡来的残羹冷炙。"

"你……你为什么不跳舞了?"秦斌难以想象那样的画面,他的声音有点发颤,却心虚地意识到什么。

"拜你所赐,我的腿再也没法跳舞了。"方泠珊溢出的恨意,让秦斌抽搐了一下。

"我……我不知道……"

"你不知道的事情可多了,你不知道我未婚先孕让父母蒙羞,不知道我结婚后被婆家欺凌受尽脸色,除了那个早逝的人还想要护着我,可惜他没能护住我,连自身都难保。"方泠珊说起自己的前半生,只觉凄惨荒唐,如今想来就像一场噩梦。

说到底,不过是她爱错了一个人,却受到这样残酷的命运。

所以她不甘,不甘了二十多年,想着要报复,有一日要把这罪魁祸首踩在脚下,好让他忏悔当年的错误。

可如今见到秦斌,她忽然想,这样的男人,要他忏悔什么呢?

他好吃好睡了二十多年,而她怨恨苦难的岁月该怎么算。她歇斯底里地发泄在儿子身上,可那个孩子又有什么错?

方泠珊忽然惶恐,心里激烈地交战起来,只觉得自己以往的所作所为，就像个笑话一样。

她极力地维持着镇定表情，恨意的视线落到秦斌身上："秦斌，景沐永远不会是你的孩子。你之前是不是很讨厌他？觉得他就像一个眼中钉？如果没有他，你儿子秦峥就会是舞台上最耀眼的那个。

"可惜有了景沐，他始终胜秦峥一头，是你儿子无法争辉的存在。"

说到这里，方泠珊再次痛快地大笑起来。

她想到这几天的新闻，笑得越发放肆："你和秦峥心心念念的《青衫醉》终于拿到手了，我看到你准备的那些可笑的媒体通稿，可惜这几天吸引大众目光的却是我儿子的《采莲歌》。哈哈哈哈哈哈哈，秦斌，你的心情怎么样？本可以光耀的时刻，却始终被人压一头的感觉，一定不好受吧。"

她笑得疯狂而歇斯底里，但一字一句都说中了秦斌的心事。他脸色发青，看着那个笑得像疯子的女人。

"在我没叫保安之前滚出我的公司。"方泠珊看着他，一字一句咬牙切齿地说出这句让她完全痛快的话，加诸了二十多年来的纠结恨意。

她心里空空的，看着那个男人走出去，她只觉自己的一生都在做着最可笑最愚蠢的事情。

第十八章
收藏你的舞鞋

一星期后，江城歌舞团在年终的媒体会上，发布了来年的计划。明年将以新创作的大型古典舞剧《虞美人》进行全国巡演。

消息一经发布，现场的媒体记者们就沸腾了。

"现在我把话筒交给《虞美人》的主创者，我们舞团的年轻新势力。"在舞蹈团总监罗兰女士优雅的手势之下，媒体记者自然知道该把焦点聚集在谁身上。

一时间齐齐响起快门的声音，记者们亦有许多问题要问景沐。

"景沐，这一年除了年初的艺协交流表演，你几乎都没怎么出现在大众面前。前不久的《采莲歌》才又回到观众视线，这次《虞美人》的创作，代表你会全面复出吗？"

"一直甚嚣尘上的厌食症传闻，可以给我们一个明确的说法吗？"

"有传江云涛老师很想让你参与他的《青衫醉》，但你连甄选都没有参加，是因为身体的缘故吗？"

"明年的《虞美人》除了创作，你会是领舞吗？"

一连串的问题像连珠炮一样抛出来。

景沐面对停不下来的闪光灯和记者，坦然承认："我患有厌食症，

今年的大多数时间，的确是在治疗休息。"

他这样坦白，在场记者都蒙了一下之后，火力全开。

"你现在的情况呢，你的厌食症治好了吗？也是因为生病的缘故，所以不参加《青衫醉》的甄选是吗？"

"今后还能跳舞吗？《采莲歌》虽然是客串上场，但动作上并无难度，我想观众们更想知道你还能不能跳舞。"

……

犀利的问题一个个抛出来，就像是一团一团拍打过来的巨浪。

景沐直视镜头："目前我还在积极地治疗，但情况已经有所好转。《虞美人》我主要负责创作，能否参与公演视身体情况而定。但这出舞剧除了我，汇集了我们江城舞蹈团的新星力量，值得大家期待。"

记者们得到了想要的回答，对《虞美人》也都好奇起来。

"景沐，你之前参与创作的《朝辉》和《盛唐美乐》分别得到了2015年锦绣杯古典舞金奖和2017年云屏赛金奖。那对这次的《虞美人》也有这样的信心吗？"

"《虞美人》这出舞剧我们主创团队准备了许久。以南唐为背景，也考据了许多历史古籍，会在舞剧里表演当时宫廷盛传的《金莲舞》。"

他的直播访谈迅速引起古典舞爱好者们的热议。

大舞坛一下沸腾了。

"天,《金莲舞》!是我想象中的那个吗?"

"传闻在人造莲花上跳的那个!"

"主要以南唐李后主和大小周后的故事为蓝本,我的天哪,只要活得久,什么都敢想。景男神扮演李后主?双担圆满了。"

"啊!大佬们,这就是我现在的心情!我太期待了!"

"《韩熙载夜宴图》会不会有?"

"当然会有,别说了,你说得我现在就想看到了,迫不及待。"

"希望男神可以治好病,到时候参与演出啊。"

"一定会的,你敢想《采莲歌》是他抱病演出?简直神仙跳舞。"

"坛友们,我对男神有信心,他一定会康复的。"

"老天,请把我的肉肉分给男神一些,让他像我一样吃嘛嘛香,病痛远离!"

"说起来还是心疼,他居然真的被厌食症折磨了这么久,难怪瘦成那个样子。"

"这还算是秘密吗?但凡他的粉丝,多少也猜到了,只是他不说,大家也就不说。"

"他好有勇气啊,居然这样当着媒体承认,也不怕有无良记者拿去大做文章。"

"有不好听的声音又怎样?景男神用实力说话,《采莲歌》就是最

好的打脸了。"

"灵气和技艺依旧无人能及。"

"楼上说得对!实力打脸,男神威武!"

"明年真是舞坛盛会了,一下有《青衫醉》跟《虞美人》两部原创舞剧。"

"我觉得江云涛老师现在在哭。"

"楼上,你善良一点。"

"嘻,差强人意呗,秦峥也没那么差。"

"兄弟们,咱别说得太过分啊,引战就不好了。"

田思乐收到景沐消息的时候,刚整理好后厨。大超在那边研究新菜谱,而她早就跟春霞说好,今天要早些离开。

春霞看到捧着手机的田思乐,忍不住揶揄:"某人要跟男朋友去吃晚餐喽,抛弃我们这群小伙伴。谁说的这个月底要开个庆功宴,预祝来年的生意红火?"

大超跟小梦听见春霞的话都笑起来,田思乐则红着脸喊她:"春霞。"

"是,我在,本单身狗随时都在这里。"春霞瞄了田思乐一眼,打趣道。

田思乐说不过她,只能红着脸背好包包,坐到店里等景沐。

春霞觉得田思乐可爱,忍俊不禁,由衷地为朋友高兴。景沐可以让田思乐克服对爱情的恐惧，再尝试一次，这何尝不是一种幸福？

　　春霞自己虽然是单身主义，却并不排斥朋友拥有美好的感情，可以跟喜欢的人终成眷属。

　　毕竟，每个人的人生都要自己走。她在心里默默祝福田思乐。

　　景沐来到再田一碗的时候，春霞、大超和小梦像排队一样从高到矮地在那里"观察"他，让他有几分不好意思。可这群朋友都是思乐可爱的小伙伴，他接触下来也觉得他们都是很好的人。

　　"思乐，好好表现呀。"

　　田思乐跟景沐走出店里的时候，还听到小梦欢乐的声音。

　　她面颊一红，毕竟谁都知道她今天是跟景沐回家吃饭，美其名曰见家长。

　　景沐的母亲田思乐已经见过，对方歇斯底里疯狂的样子令她印象深刻。可景沐告诉她，这一次是去见他的继父，他母亲在国外出差，所以让田思乐不必拘束。景沐对她说，继父是很好的人，她一定会喜欢他。

　　田思乐虽觉得他有几分神秘兮兮，但也没有多问。

　　初次见长辈送什么，她想了半天，景沐却告诉她亲手做一块低糖的蛋糕就好。因为他继父喜欢吃蛋糕，但又因为基础病，不能吃太甜的东西。

　　田思乐感谢他的这个提议，本来她在为礼物伤透脑筋，做蛋糕对她

而言，小菜一碟。

田思乐心中暗想这是否是景沐体贴的心意。

景沐将车停在车库，田思乐下了车环顾四周，这栋房子她怎么越看越眼熟？

"景沐，原来你爸爸就住在这个小区？"

"嗯，不过平时不怎么走动，我跟他都是内向的人。"景沐微微一笑。

当大门开启汤包朝田思乐冲过来的时候，田思乐终于能够确定，这是谁的房子了。

"你爸爸就是汤包的主人？"田思乐一双大眼睛看着景沐，感受到心里的冲击。

"所以让你喊我顾爸爸啊。"伴随着一道笑呵呵的声音传来，就见顾席远走了过来。

听到他这句话，田思乐忍不住脸颊发烫，回想起那天晚上老人家纠正称呼，原来如此。

"小思乐，你总顾爷爷顾爷爷地叫，都把我叫老了。虽然我的确很老了。哈，我今年六十七岁了，比景沐的母亲大十五岁。"顾席远落落大方地告诉思乐。

田思乐红着脸跟他打招呼："顾伯父，您好。"

"不能叫我爷爷了。"顾席远还打趣她，冲她眨眨眼。

田思乐窘得满脸通红。身边的景沐笑起来，牵过她的手："爸，别再逗思乐了，她给您亲手做了蛋糕，低糖的。"

顾席远见景沐一副护妻的模样，心中也觉得满意。

"小思乐，我们有缘分吧，我儿子都给你拐走喽。"坐下之后，顾席远笑着说。

"我……真的没想到。"田思乐傻乎乎地表达自己的吃惊。

"难怪我第一次看到这个丫头就感到亲切。"顾席远转向景沐。

继父对思乐的喜爱，让景沐很开心。

"你妈妈去了纽约开会，不过她知道今天你会带思乐回来的事。"顾席远话锋一转。

景沐有些惊讶，母亲居然知道这件事？

田思乐也吊起一颗心，不晓得方泠珊会说什么，毕竟上一次的见面实在称不上愉快跟客气。

"她托我送给思乐一件礼物。"

顾席远的话，让景沐愣了一下。他和田思乐对视一眼，田思乐的手轻轻握住景沐的手。

顾席远给了素芬一个眼神，素芬很快将一个天蓝色的纸盒端了上来。

田思乐看得出，景沐的眼神里有迷惑又有期待，他很紧张，因为他

不知道母亲是何意。

她一直握着他的手,同样不晓得方泠珊会送什么给她。

顾席远在两人面前揭开了盒子。

盒子里是一双干净的旧舞鞋,带着岁月的痕迹,发黄褶皱,但看得出保存的人很用心。

"这是……"景沐的声音有些喑哑。

"这是你十八岁那年拿到莲花杯金奖的时候穿的那双舞鞋,你母亲一直保存着。"顾席远叹息着。

景沐的手轻轻抚过那双泛黄的舞鞋,只觉眼眶发热。

"你知道你母亲这一生大多数的时光,都过得很痛苦,一半是因她的遭遇,一半是她自己冲不破心结。她对你做错过很多事,包括你的病,她都有很大的责任。可她是爱你的,景沐,这一点我相信你比谁都清楚。"顾席远苍老却温和的声音,轻轻包裹住景沐的心。

顾席远看向田思乐:"思乐呀,这是景沐母亲给你的礼物,这双舞鞋她收藏了那么多年,是她最珍爱的东西。她把它给你,就代表她已经接受你了,并且以后把景沐托付给你。舞蹈是景沐这一生里最重要的东西,她希望你能够支持景沐的梦想,同样的,也分担他的痛苦。"

田思乐的眼睛湿润了,她的手轻轻抚过那双舞鞋,知道这里面寄予了方泠珊多少难言的爱。

顾席远看着眼前的一双璧人,心中也是千头万绪,最后只觉千帆过尽,他们一家终于要迎接幸福了。

和顾席远一起用完晚饭后,景沐将车开到海边。两人下了车,他将手伸给田思乐,田思乐自然而然地牵住他的手,两个人一起漫步在沙滩上。

夜晚的江城海岸,游人不多,三三两两的,同他们一样在海边散步,听着浪花拍打沙滩的声音。

"景沐,把手这样。"田思乐比画着,将自己的掌心面对景沐。

景沐依言把手心对向田思乐,两个人的掌心合在一起,对比之下,景沐的大手与田思乐的小手呈鲜明对比。

"你的手好大。"田思乐只觉景沐的手很温暖,他的手指纤长,骨节分明。

"你的手好冰。"景沐学着田思乐的话,莞尔一笑,手指弯曲,轻轻握住了她的小手。

"我很开心,今天收到了伯母的礼物。"田思乐自然而然地,对景沐吐露心声。

"那双舞鞋,我会好好保存的。真想看看那个时候的你呀。"她有感而发,"如果能够早一点遇见你就好了。"

"现在刚刚好。"景沐轻声说，温柔的声音听起来是这样性感。

田思乐看着他的眼睛："景沐，未来的路我都会和你在一起。不逃避、不怯懦，无论经历什么，我都想和你一起。"

"那我来想想我们未来的样子，嗯，田思乐把景沐喂成了一个大胖子，景沐无法再跳舞了。田思乐因为爱吃，晚年的时候嚼着鸡腿把牙给崩了。白发苍苍的景沐吓得半死，把她送到医院，极力请求医生把老伴的牙给治好。因为他的老伴如果不能吃得香，将失去人生一半的乐趣。"

"喂，你！"田思乐又好笑又好气地一拳轻轻捶在景沐胸口。

她似乎第一次见到他的这一面，又调皮又嘴欠，但为什么他描述的那个画面她在好笑的同时又觉得好温馨，眼睛里有种酸酸热热的感觉。

景沐还想要说什么的时候，田思乐忽然把他紧紧抱住，她的头就埋在他胸口，他听到她温柔却清晰的声音："景沐，你描绘的这些，我都好期待。"

"无论经历什么，我们都在一起。"他轻轻捧起她的脸，眸光无限温柔。

"嗯，我们一起。"田思乐甜甜地笑了，知道他与她心意相通。

番外
直播"事故"

一年后。

周末,田思乐在家里的厨房做吃播直播。因为一直有粉丝想要看她做菜的过程,这一次就满足了他们,给网友们直播她做晚餐。

穿着一身居家服的田思乐,看上去暖和又亲切。她还是和从前一样,素颜出镜,全身上下唯一的亮点大概就是她左手无名指上的那枚婚戒了。

那婚戒的样式非常好看,细巧的银色,有一轮新月的形状,看得出是特别定制的。

田思乐结婚的消息是在半年前的吃播上,细心的网友发现她手上刚戴的这枚戒指时,第一时间就被她的粉丝们知道了。

他们在弹幕里发问,田思乐才在她的美食博客上正式地告诉大家她结婚了。

至于她的另一半是谁、长得怎么样,网友们却是怎样都挖不出来了。因为思乐姐姐不让"姐夫"出镜,大家也没办法。

田思乐在她喜欢的那块木质砧板上切着土豆丝。

弹幕在不断地刷着:

"思乐姐姐娴熟的切菜姿势,干净利落!"

"直播的感觉真好,虽然平常思乐姐姐剪辑的视频里也有她做饭的节目,可还是看直播爽。"

"田思乐,你知道我有多喜欢看你做饭吗?"

"我也买了同款砧板!"

"思乐姐姐,你是不是减肥了?呜呜,以前有肉嘟嘟的双下巴,现在好像瘦了。"

"瘦了更美了,不过好像也没少吃,哈哈哈哈哈!"

田思乐一边切菜,一边瞥了一眼弹幕。看到这条,她笑起来:"没有刻意减肥,就是有锻炼。我说的那个每天步行半个小时以上,真的有效,大家可以试试啦。"

田思乐想要开始烹煮时,发现自己少了一味最重要的调料:"今天我们做罗宋汤,现在食材都准备好了。哎呀,我忘了番茄酱,大家等下,我昨天买的放在储物室还没整理,等我去取。"

弹幕:

"思乐姐姐,我爱你的储物室啊,里面有好泡面、酱料、锅具的那个宝贝仓库啊!强烈要求出镜!"

田思乐也无暇顾及弹幕,跟大家打了声招呼,就急忙去储物室,从她采购的还没整理的调料堆里找出番茄酱。

因为再田一碗的关系,田思乐现在时常在家里尝试研发新的菜式,

也因此，景沐专门替她准备了一间储物室，用来存放她从全国各地搜罗来的不需冷藏，阴凉放置的调味料、干货等东西。

田思乐扎进她的"美食小仓库"里寻找番茄酱，但她的直播镜头并没有关。

所以现在网友只能看到镜头对着刚才田思乐切菜的瓷砖，看直播的粉丝们又一次在弹幕里讨论起田思乐家厨房的装饰，觉得温馨又很有格调。

虽然田思乐不在，但弹幕依旧热闹非凡。

景沐牵着汤包从外面进来，他在门边换鞋的时候，汤包已经"呼哧呼哧"地跑进厨房，因为它闻到了好闻的味道。

汤包"呜呜"地叫了两声，却没看到女主人的身影。

弹幕：

"哇，你的大狗突然出现。"

"这什么品种的金毛？好漂亮啊！"

"是思乐姐姐的狗吗？好大啊。"

……

"汤包，过来，别给她弄乱了，不然该骂你了。"景沐不知道田思乐在直播，见厨房里的菜做到一半，而田思乐不见踪影，汤包则趴在那些食材边，还欢喜地探出大舌头，一副雀跃讨欢的模样。

景沐过去想要牵住汤包,怕它把思乐的食材给弄乱了,于是不巧的是他入镜了。

弹幕一下炸了:

"OMG！这个美男是谁？"

"天哪,帅哥,极品帅哥！"

"是明星吗？呃,我还以为跳台了！"

"清醒一点网络直播跳什么台,是姐夫吗？"

"美貌的小哥哥,你是思乐姐姐的老公吗？"

"太好看了吧,我天,我真以为是哪个明星。"

景沐还没有发现田思乐的直播镜头,他牵住了汤包,抚了抚它一身金毛,柔声道:"乖乖的,给你准备吃的。"

"哇,这镜头绝美,好温柔啊。"

"他不知道在直播吧,哈哈哈,笑死我了。"

"今日份眼睛被洗礼了,舒服。"

"广告画面,思乐姐姐的吃播还给我们这种福利？"

"咦,我怎么觉得这个小哥哥很眼熟有没有？"

"是啊,我也想说,在哪里看见过。"

"是明星吧,一定是演员,所以才眼熟。"

"等等,是景沐啊！"

热烈的讨论里,弹幕几乎满屏了:

"景沐?我去搜一下,谁啊?"

"舞蹈家!!!百度百科第一个,哇!"

"景沐,青年舞蹈艺术家,毕业于江城艺术大学,国家一级舞蹈演员。现任江城歌舞团副总监。2010年获得第十六届莲花杯舞蹈金奖。2012年获得美国洛杉矶罗蒙特艺术大赛一等奖。2015年获得锦绣杯古典舞金奖。2017年获得云屏赛古典舞独舞金奖……"

弹幕都装不下的信息刷屏:

"啊啊啊啊啊啊啊啊!!!听说我男神出现在直播上,速来,果然是!"

"景沐男神啊,大舞坛沐担报到!"

"我死了我死了我死了,景沐,真的是景沐!"

"居然出现在吃播,男神,你能看见我吗?男神!"

一水的尖叫、惊叹号占据屏幕,显然有一股外来势力突袭直播。

田思乐吃播的粉丝们一下目瞪口呆。

"所以现在是什么情况?"

"我知道,我们的吃播变成粉丝尖叫现场了。"

景沐安抚住汤包,正好看到田思乐拿着番茄酱一蹦一跳地从储物室出来。

景沐被她可爱的样子逗笑，而汤包则向女主人扑了过去。

这下轮到田思乐目瞪口呆，睁大眼睛："景沐，你怎么回来了？"他说过今晚会陪爸爸去参加一个聚会。

"妈妈来了，爸爸就把我赶回来了。"景沐嘴角微翘，他当然更想和妻子一起度过周末。

田思乐马上想到自己还在直播，所以这个情况……

她跑到直播屏上一看，顿时两眼发直，刷屏的弹幕几乎没有空隙，全是尖叫跟惊叹号。

想也知道，这位景沐先生在毫不知情的情况下入镜半天了。

景沐走过来顺势要搂田思乐，田思乐按住他环在自己腰间的手，涨红了脸，轻声说："那个，景沐，我在直播。"

景沐怔了一下，保持这个尴尬的姿势半秒之后，才把视线转向田思乐指的地方，就看到了平板上大量刷屏的弹幕。

他微红着脸，尴尬地抬起手，跟田思乐的吃播粉丝打了个招呼："嗨，大家好。"

"男神，你真的是男神本人吗？"

"景沐，我太喜欢你了，我爱你的一切！"

"你所有的表演视频我都收藏了，《虞美人》现场我都哭了！"

景沐一脸愕然地看向田思乐，田思乐索性笑起来："哎，我的吃播

怎么变成你的粉丝见面会了？"

她这样玩笑的话语，让弹幕更加激动。

"思乐姐姐，这个就是我们的小姐夫吗？"

"姐夫好帅，思乐姐姐人生赢家，比心！"

"不是帅，是美，活色生香大美人，思乐姐姐抱得美人归！！！"

田思乐看到这些弹幕只觉拜服，她红着脸笑起来："那大家还要不要看我做菜啊，不然直接让你们看他吧。"

她这样一说，身边的景沐愣了一下，傻乎乎地看着老婆大人。

"要要要，我们都要看！"

"你做菜，让美人哥哥在旁边，双管齐下，赏心悦目！"

"还真是贪心！"田思乐忍俊不禁地笑起来。

这时候"呜"的一声，汤包也向它的主人们扑过来求抱抱，于是两人一狗抱到一起，田思乐笑道："汤包也要求出镜呢。"

"撒狗粮啊，汤包都受不住这狗粮了。"

一条让人莞尔的弹幕，为这个周末的夜，做了恰如其分的评价。

房子里透出的光，使这深秋的夜晚，都充满了温柔的意味。

本书由海汐委托长沙大鱼文化传媒有限公司正式授权花山文艺出版社，在中国大陆地区独家出版中文简体版本。未经书面同意，本书的任何部分不得以图表、电子、影印、缩拍、录音和其他手段进行复制和转载，违者必究。

图书在版编目（CIP）数据

忍不住为你着迷 / 海汐著. -- 石家庄：花山文艺出版社，2020.9
ISBN 978-7-5511-2597-0

Ⅰ. ①忍… Ⅱ. ①海… Ⅲ. ①长篇小说－中国－当代 Ⅳ. ①I247.5

中国版本图书馆CIP数据核字(2020)第121895号

书　　名：	忍不住为你着迷
	RENBUZHU WEINI ZHAOMI
著　　者：	海　汐
策划统筹：	张采鑫
特约编辑：	雪　人
责任编辑：	于怀新　张凤奇
美术编辑：	胡彤亮
责任校对：	卢水淹
装帧设计：	刘　艳　孙欣瑞
封面绘制：	莎蔓萝
出版发行：	花山文艺出版社（邮政编码：050061）
	（河北省石家庄市友谊北大街330号）
销售热线：	0311-88643221/29/35/26
传　　真：	0311-88643225
印　　刷：	长沙鸿发印务实业有限公司
经　　销：	新华书店
开　　本：	880×1230　1/32
印　　张：	9.125
字　　数：	160千字
版　　次：	2020年9月第1版
	2020年9月第1次印刷
书　　号：	ISBN 978-7-5511-2597-0
定　　价：	39.80元

（版权所有　翻印必究·印装有误　负责调换）